西澤保彦

逢魔が刻
腕貫探偵リブート

実業之日本社

実業之日本社文庫

目次

ユリエのお見合い顛末記

たしかに。

たしかに、あたしは両親の場合、母のことは「母ちゃん」と、父のことは「父ちゃん」と呼ぶ。本人たちに対してはもちろん、公私問わずに。会話に同席するのが親戚などの身内なのか、それとも友だちなどの知人なのかは、いっさい関係なく。一律に。兄に至っては「兄ちゃん」ですらなく、下の名前で呼び捨てだ。

そんなあたしが祖母に限っては、なぜ常に「お祖母《ばあ》さま」なのか？　あんまり深く考えたこともなかったけれど、うーん。言われてみれば。

我ながら少し不思議ではある。余人をもって代え難い、独特の威厳や風格があることはたしかだが、だからといって他の家族と比べてお祖母さまが特に、とっつきにくいキャラクターなのかといえば、決してそんなこともないと思う。

少なくともお祖母さまに対して変な苦手意識みたいなものは抱いていない……つもりだったんだけどなあ。先週、あの電話がかかってくるまでは。

「ユリエ？　ええ、わたしよ。突然ですまないけど、来週の土曜日の夜、予定を空けておきなさい。いいわね」

後から思えば、すでにこの時点で若干、正体不明の不安が胸の底で渦巻いてはいた。お祖母さまが、普段は別宅で暮らしている家族になにか用があるとき、伝えてくるのは日時と場所の指定のみ。むろん、こちらに選択の余地なぞない。実質的な命令に他ならず、まちがってもそこに「突然ですまないけど」などといった枕詞《まくらことば》は、くっついてこないはずなのである。

「あ、はい。承知いたしました、けど、あのう、どういったご用向きで？」

「お見合いですよ」

「おみ……」

どっかーん。

己《おの》れの心象風景が、どこか宇宙の彼方《かなた》あたりで木《こ》っ端《ぱ》微塵《みじん》に粉砕される音が轟《とどろ》きわたった。たしかに聴こえた。

「は、はああああッ？　あの、あ、あのッ、お祖母さま、いまなんとおっしゃ……」

「だからお見合いです。お見合い」

ちゅどーん。

どんがらがっしゃーん、ずごん、と何度も何度も爆弾が炸裂《さくれつ》したかのような衝撃波が襲ってきて、脳味噌《のうみそ》が脱臼しそうだ。

「み、みあい、って、お祖母さま、ちょ、ちょっと、ちょっと待ってくださいな」

こんなのって全然「突然ですまない」どころの騒ぎじゃないよッ。

「ちゃんと来るのよ。もしも当日、忘れたふりをして、ばっくれればいい、なんて不届きなことを企《たくら》んでいるんだったら、いまのうちに悔い改めておきなさい」

お祖母さまの口から「ばっくれる」なんて言い回しが飛び出すと、はたして、まあお若いと感心したものやら、それとも、んまッはしたないお言葉遣いですことと慨嘆したものやら、はたまたカツアゲかいと畏縮《いしゅく》したものやら、混乱してしまう。口調は至って上品で穏やかなものだから、なおさらだ。

「いえ、とんでもない。そんな不埒《ふらち》な考えなぞ露、抱いちゃおりませんのですが。はい、天地神明に誓って。で、でも、あの、つかぬことをお訊《き》きしてもよろしいですか。お見合いって、それはいったい誰の……」

「なに言ってるの？　あなたの、に決まっているでしょ」

やっぱり。って、いや、あのね、この期に及んで、やっぱりもくそもあるかい。そうに決まってるじゃないの。そうに決まっている……んだけど。

「は、はあ、なるほど、そうなんですか。すると、お祖母さまのお見合い、というわけではないのですね」

ほんの一瞬、と呼ぶには少し長すぎるような気もする間が、ぷちっと空いた。

「なかなかおもしろいことを言うわねえ、あなたも」

電話の向こう側からいかにも楽しげな笑い声が聴こえてきたが、その声音はさっきまでよりも心なしか低めで、ドスが利いている。うわ、やばッ。つまらない冗談でごまかして逃げようとしたら、本気で怒らせてしまうかもしれない。

「いつの間に、どこの殿方に、そんなセンスを磨いていただいたのかしらね」

「そうですねえ。やっぱり、だーりんといっしょに遊んでいるとつい、こういう諧謔《かいぎゃく》的なもののいいの癖がついちゃったりなんかして。あは。あは。あはははは」

って、おいおい。ちっとも懲《こ》りてないじゃんよ、あたしってば。

「だいたい、わたしが再婚なんか、できるわけがないでしょ。いまさら新しい夫なぞ、できてごらん。わたしが先に死んだが最後、遺産相続で一族郎党、大揉《おおも》めに揉めることになるのは火を見るよりも明らかだわ。あなたたち遺族だけの問題でもない。会社の経営権その他を巡って、グループが分裂しないとも限らない。〈スミヨシ〉全体の危機にも陥りかねない。そんなこと、改めて考えてみるまでもないでしょ」

「いや、あのですね、ただのジョークに、そんな大真面目《おおまじめ》に反論されましても、こちらはなんとも言いようが」

「そういえば美津子《みつこ》に聞いたんだけど、ユリエ、あなた最近、得体の知れない、死神みたいな不気味な男に、ずいぶんとお熱なんですってね」

「え。だーりんは別に、得体が知れなくなんかないよ。ちゃんとした公務員だし。不気味なは、まあともかくとしても、死神みたいだなんて、ひどすぎる」

「どうでもいいわ、そんなことは。とにかく来週の土曜日の夜、ちゃんと来るのよ。いいわね」

「あのうお祖母さま、そのお見合い、どうしても……どうしても行かなきゃダメ？」

泣き落としなぞ到底通用しない相手だと重々判《わか》ってはいるものの、つい半泣きになってしまう。うえーん。困ったよう。どうしたらいいんだあ。

たしかにあたしの母ちゃん、住吉《すみよし》美津子は自分の息子がわけあって他家の婿《むこ》養子になったという事情もあり、娘であるあたしに婿養子をとらせたがっている。なにかといえば、たらたら遊んでいる暇があったら、はよ結婚せんかいと、せっついてくる。できればあたしが大学在学中にでも婚約をとりまとめておきたいらしく、定期的に、しつこく見合い話を持ってくる。その都度のらりくらりと、うまく受け流してきたあたしだったが、まさかお祖母さまに見合いを強制されるとは。完全に不意討ちである。なんだかんだ言ってお祖母さまは、母ちゃんほどには後継者問題には躍起になっていない、とばかり思っていたのになあ。

「とにかく、来るだけ来なさい。会ってみて嫌だったら、断ってもいいから」

「へ？」半泣きだったのが一転、ぽかーんとなった。「え。え。え？　断ってもいいんですか？」

「あたりまえでしょ。意に染まない相手と、むりにいっしょになることはない」

「あのう、だったら最初から、お見合いなんかしないほうがいいのでは」

「それとこれとは話がちがいます。この世には、たとえ虚礼だと判っていても、おろそかにはできない、しがらみというものがある。ユリエ、あなたももう成人したんだから、そういう理《ことわり》もきっちりと、わきまえておきなさい」

「はあい」

「それに、美味《おい》しい食事をしにいくんだ、と思えば気も楽でしょ」

さすがお祖母さま、孫娘を手懐《てなず》けるためには喰《く》いけで釣るべしと、ちゃんと心得ていらっしゃる。

「そういえば、場所は？　どこのホテルでやるんですか」

「ホテルじゃなくて、〈カットレット・ハウス〉よ」

「へ？」

名店の誉れ高い、地元では老舗《しにせ》中の老舗の洋食レストランだ。県内外のＶＩＰがお忍びで訪れることでも有名で、料理はもちろん一流ホテルにもひけをとらないが、しかしお見合いに使うようなところか、というと、うーん？　どうなんだろ。

だいたいお見合いっていうからにはさ、みんなで初顔合わせと会食をそこそこ終えたら「では、おほほほ、あとは若いひとたちだけで、どうぞごゆっくり」とかって仲《なこ》人《う》たちはそそくさと退席する、というのが王道パターンなんじゃないの？　よく知らないけど、その後、残された若いふたりが互いの距離を縮めるためには例えば、いっしょに散策できそうな広い庭園のあるシティホテルとかのほうが、やっぱり向いているんじゃないかと思うんですが。

「お見合いを〈カットレット・ハウス〉で、ですか」

自分で思う以上に不審げな声音になっていたらしい。「まあ、先方のご希望で、ね」とお祖母さま、めずらしく、とりつくろうような口調だ。

「そういえばお祖母さま、あたしの見合いのお相手って、どなたなんですか？」

〈カットレット・ハウス〉は一流店だけあって価格設定こそそれなりだけれど、ハヤシライスやオムライスなど比較的お手頃メニュー目当ての古くからの常連さんが多いアットホームな雰囲気が、ある意味、庶民的と言えなくもない。そういう店をお見合いのために選ぶあたり、先方のひととなりが顕《あらわ》れているのかもしれないと、ふと思ったのだが。

「加治佐《かじさ》先生のお孫さん」

「誰ですか、カジサ先生って？」

「あら。ユリエに話したこと、なかったかしら。わたしの大学時代の恩師。といっても、こちらが在学中に向こうは講師になりたてだったたから、歳《とし》はそれほど離れていないんだけどね。お孫さんは一級建築士で、いま某住宅メーカーにお勤め」

「お何歳《いくつ》くらいの方です」

「三十半ば、くらいかな」

「てことは、あたしよりも、ひと廻《まわ》りも上ですか」

「そうなるわね。どうしたのよ、ユリエ、あれこれ根掘り葉掘り、ずいぶんと熱心じゃない？　断ってもいいとは言ったけど、もしも気に入ったのならお受けしてもいいのよ、もちろん」

「い、いえいえいえ」

「もし話がまとまれば、先方もお喜びになるわ、きっと。加治佐先生の奥さま、いま入院されているらしくて。といっても、それほど深刻な病状ではないんだけれど、本人がこのところすっかり、孫の披露宴に出ておかないことには死んでも死にきれない、が口癖になっているんですって」

　それって住吉家に限らず、孫が結婚できるのなら婿養子にくれてやってもいいという前提でおっしゃってるんでしょうかねと、うっかり口にしかけて、やめた。いかんいかん。あぶない危ない。こういう話題をいつまでもつっついていたら、どんなかたちで藪蛇《やぶへび》になるか、判ったもんじゃない。

「あ、あの。ちなみにお祖母さま、当日はコース料理ですか、それとも」

「まあ普通はこういうとき、無難にそうするんでしょうけれど、あなたがお望みならば、アラカルトにしてもいいわよ」

「それはもう、ぜひぜひ、その方向で」

「じゃあ当日、よろしくね。あ。言うまでもないとは思うけど、特に正装とか、してくる必要はないから。普段のラフな恰好《かっこう》で、おいでなさい」

え、そんなんでいいの？　ちょっと拍子抜けして。って、いや、なんで拍子抜けすんだよと自分にツッコミを入れつつも、納得。まあ、そりゃそうか。ひとくちに正装といってもいろいろだけど、少なくとも〈カットレット・ハウス〉へ、きものを着てゆくというのも、なんだかちょっと。ん。まてよ。振袖とかを着るのは結納のときなんだっけ？　よく知らないけど、まあいいや。特にドレスコードがないんだったら、いつものジャケットとデニムパンツで行こっと。

そういえば〈カットレット・ハウス〉もひさしぶりだなあ、と電話を切った途端、現金なもので、おなかが空《す》いてきた。来週の土曜日、なにを食べよっかなあ。迷うけど、やっぱりお店の代名詞、特製ビーフカツレツかなあ。あれってもう、ここは天国ですかッていうくらい、絶品中の絶品なんだよねー。くふふ。楽しみー。

興が乗るあまり、つい真緒《まお》ちゃんや阿藤《あとう》さん、葵《あおい》くんたちにメールを一斉送信しそうになった。『いえーい、来週の土曜日、お見合い、けってー』みたいな軽いノリで。

しかし寸前で、はたと思い留《とど》まった。いやいや。物見高い彼女たちのことだ、うっかりこんなおいしいネタを提供したりしたら、当日〈カットレット・ハウス〉へ押しかけてくるかもしれない。お見合いは二階の個室でだろうから、覗《のぞ》き見されるような心配はないとはいえ、やっぱり落ち着かないし。

んで。当日は、やってまいりました。約束の午後六時ジャストに、顔馴染《かおなじ》みの従業員に二階の個室へ案内されると、お祖母さまはもう座っていた。それだけではない。お祖母さまと向かい合うかたちで男性がふたり、テーブルについている。え、まさか、あたしが最後？　これってどの程度、不作法なことなのか、まるで判断がつかなかったが、とりあえず深々と頭を下げておく。

「どうも遅くなりまして、たいへんもうしわけございません」

「いやいや、時間ちょうどですよ。どうかご心配なく」と年配のほうの男性が笑顔で、お祖母さまの隣りの席を示してくれる。失礼しますと、あたしはなるべく神妙に映るように意識しつつ、腰を下ろした。

「こちら、加治佐満喜《みつよし》先生」お祖母さま、上向きにした掌《てのひら》で、その年配のほうの男性を示した。よろしく、と軽く会釈してくるその白髪の、ちょっとバタ臭い風貌に、なんだか見覚えがあるような気がして、頭のなかであれこれ検索してみたが、なにもヒットしない。初めて聞く名前だから、当然といえば当然かもしれないけれど。

「それからお隣りが、先生のお孫さんで、国井優仁《くにいゆうと》さん」

祖父と孫の苗字《みょうじ》がちがっていても、別に変ではない。多分、加治佐先生の娘さんの子どもなんだろうなと、普通は考える。あたしもそう考えた。少なくとも不審げな表情などは浮かべなかったはずだ。ところが。

「ちょっと事情がありましてね」執り成すというほどでもないが、加治佐さん、なぜか妙な義務感みたいなものを滲《にじ》ませ、そう口を挟んできた。「優仁はわたしの長男の息子なんですが、わけあって、小さいときからわたしの娘夫婦の養子として育てられたんです」

それ以上、詳しく詮索する筋合いでもないので、あたしは「はあ、そうなんですか」と曖昧に反応するに留めた。それとなく国井さんを観察してみる。

小太りというほどでもないが、ちょっとふっくらした、童顔のひとだ。端整な面差しはなかなか女性受けが良さそうである。ふたり並んでいるところを直接見るせいもあるかもしれないが、骨と皮のような痩身の加治佐さんと体型の相違があるにもかかわらず、基本的な造作は、やはりよく似ている。

それにしても、ふたり揃《そろ》って、ぱりっとしたスーツ姿のうえに、ちゃんとネクタイまで締めている。おまけにお祖母さままで、あたしにはラフな恰好でいい、なんて言ってたくせに、自分はフリルとメッシュ入りの黒いゴスロリ・ファッションで、ぱっちり決めちゃって。他のご婦人が真似《まね》したら、婆《ばあ》さん、脳は元気かとツッコミが入りそうな衣装だが、お祖母さまの場合、きれいに撫《な》でつけられた銀髪も相俟《あいま》って、なかなかゴージャスだ。よく見たら、眼にカラコン、入れてるし。若いなあ、ほんとに。

タイミングを測っていたみたいにドアがノックされ、若いギャルソンが個室へ入ってきた。ひとりずつ、メニューを手渡す。

「めんどくさくないようにコースを予約しようとしたら、この娘《こ》が、なにがなんでも自分の好きなものを食べたい、って我儘《わがまま》を言って譲らないものだから」

ほんと、困ったものね、いつまでも子どもで、ほほほ、と若干揶揄《やゆ》気味に笑われて、あたしは不本意だった。大いに不本意だった。そりゃたしかに、ね。アラカルトがいいと、たしかに言いましたよ、あたしは。ええ、言いましたとも。でも、この不条理感はなにならむ。納得いかないッ。

「あ、いいかしら」とお祖母さま、お決まりでしたらお呼びくださいと一礼して出てゆこうとしたギャルソンを呼び止めた。「わたしはシャトーブリアンを四〇〇。ミディアムレアで」

よんひゃく？　ステーキを四〇〇グラムってこと？　ひえええ。相変わらず健啖家《けんたんか》だなあ、お祖母さまったら。この細い身体《からだ》に、よくもまあ、そんなに入るもんだ。しかも特撰《とくせん》和牛のシャトーブリアンはこの店で、いちばん単価の高価《たか》いメニューだよ。

それを、よんひゃくぐらむとは、またご無体な。いったい何万円になるものやら。いや、ひょっとして桁がひとつ、ちがう？

「あとワインを。赤で」

「いつものボルドーで、よろしゅうございますか？」

「ええ。あ、ハーフではなくて、今日はフルボトルでお願い。どうせ、この娘も飲むでしょうから」

「かしこまりました」

てことはお祖母さま、このお店ではいつもボルドーの赤のハーフボトルを、ひとりで空けてるってことなのね、と口に出す度胸なぞあろうはずもなく、心のなかでツッコミを入れる。ま、あたしも、ひとのことは言えないんだけどさ。

「ユリエはどうするの」

「えーと」一瞬あたしもステーキにしようかなと誘惑にかられたが、いやいやいや、ここは初志貫徹で行くぞ。「フィレット・ビーフカツレツを二〇〇で。それとパルマ産の生ハムサラダをお願いします」

「サラダは、クオーターかハーフにいたしましょうか？」

「いえ。フルサイズで」

通常は三人以上でシェアする量だが、なーに、かるい軽い。ほんとうはあたしもビーフカツレツを三〇〇はいきたかったんだけど、まあ、そこはね、一応ね、お見合いの席なんだしね、しおらしく二〇〇で我慢がまん。そのかわり、これくらいは補充させてもらわなきゃね。とか呑気《のんき》に思っていたら。え？

加治佐さんはハンバーグセット、国井さんはビーフシチューセットを注文。おまけに、ふたりともお酒は飲まないようだ。なんだか女性陣と男性陣とで、ずいぶん対照的な趣きのオーダーになってしまった。あたしも無難に、なにかセットにしたほうがよかったかな？　ついでに、いえ、ワインも遠慮します、とかって超特大の猫被りして。うーん。ま、まあいいや。深く考えないかんがえない。

お祖母さまオーダーのボルドーワインが運ばれてきた。ＡＣメドックだ。へーえ。これが「いつもの」なんだ。なかなか人生を謳歌《おうか》していらっしゃいますこと。あたしもいつかはお祖母さまみたいになりたいなと、このときばかりは真剣に願った。いや、別に〈スミヨシ〉グループ総帥の地位を継ぎたいとかそういう意味じゃないし、すでにオマエ、似たようなグルメ三昧、やっとるだろうが、とかツッコまれたら有効な反論はできないんですけどね。

「でも、ちょっと意外ね」

鉄板の上で、じゅうじゅう、いい音をたてて脂を跳ねさせている、縦と横の厚みがほぼ同じ、巨大なサイコロみたいな肉にお祖母さま、げしげしと豪快にナイフを入れて切り分けてはフォークで口へ運ぶ。するする、するすると、まるで手品の如《ごと》く、あっという間に肉の塊りが消えてゆく。

「このお店へ来たらユリエも絶対、ステーキを頼むと思ってたんだけど」

そりゃあね、あたしだってステーキ、食べたいですよ。でも、この店のお肉のクオリティが別格という事実はとりあえず措《お》いておくとして、ステーキというメニューそのものは他でも食べられるわけじゃないですか。それにひきかえ、これだけ本格的なビーフカツレツをいただけるのは櫃洗市《ひっあらい》では、ここだけ。少なくともあたしは他に知らない。やっぱりどんなお店でも、そこのスペシャリテはちゃんと押さえておかないとね。

それにしても、いつもながらここのソースはすばらしいッ。濃厚そうな黒っぽい外見からは想像できない、まろやかで優しい甘味が肉の旨味《うまみ》を、も、めいっぱい引き立てて、あーん、もう最高。このまま時間が止まって欲しいくらいだわッと、うっとりビーフカツレツを堪能《たんのう》していたら、横からお祖母さまが手もとを覗き込んできた。

「わたしにもサラダ、ちょっと分けて」

「はいはい。あ、加治佐さんと国井さんも、よろしければどうぞ」

取り皿をもらって結局、パルマ産の生ハムサラダは四人でシェアすることに。ちぇ。

全部ひとりで平らげてやるつもりだったのに、当てが外れた。同席しているのが気の置けない友だちだったら、迷わず追加注文しているところだけど、まあ今日のところは控えておこう。

「デザートは、いかがいたしましょう」

「バニラアイスクリームで」

〈カットレット・ハウス〉のデザートメニューは基本、バニラアイスクリームと自家製プリンの、ふたつのみ。どちらもシンプルそのものだが、もちろん味は保証付き。あたしもお肉料理の後には断然バニラアイスクリーム派だが、加治佐さんと国井さんはふたりともプリンで、またもや女性陣と男性陣とで対照的なオーダーとなった。そういえば男って妙にプリンの好きなひとが多いように思うんだけど、あたしの気のせい？

「んふ。やっぱりこれ、ね」

小さなスプーンでバニラアイスクリームを掬《すく》っては口に運ぶお祖母さま、普段の厳格な鉄の女のイメージは完全に崩壊している。そのあどけなさ、まさに幼女の如しで、ステーキを食べているときよりも幸せそうだ。穿《うが》ち過ぎた見方かもしれないけれど、まるで、このバニラアイスクリームを心ゆくまで味わうためにこそ先《ま》ず、どかんとお肉を食べておかなきゃ、みたいな印象すらある。酔い醒《ざ》めの水、下戸知らずと同じで、翌朝の水の美味《うま》さのためにわざわざ深酒をするという本末転倒に通じる感覚なのかもしれない。

「若い頃、なけなしのお金をはたいて、ここでデートするとき、締めにいただくこのバニラアイスクリームが、なによりの楽しみだった……」

ふと唐突に言葉が途切れる。ちょっとよけいなコメントだったかしら、とでも言いたげな、お祖母さまにしてはめずらしい、しくじり顔がおもしろかったので、お約束通り、からかっておくことにする。

「へええ、お祖母さまったら、ひと並みにデートなんかしてたんだー」

「あたりまえでしょ。わたしだって、昔からお婆ちゃんだったわけじゃありません」

どうでもいいけれど「なけなしのお金をはたいた」と言うからには、そのデートのお相手の男性には奢《おご》らせず、あくまでも割り勘にしていたってこと？　だとしたら、そういう融通の利かない性格って、あたし、お祖母さまに似たのかな。

「それじゃ、わたしたちはこれで退散いたしますから」とお祖母さま、カードで支払いを済ませて、立ち上がった。「あとは若いひとたちだけで、ごゆっくり」

出た。出ましたよ、ど定番の科白《せりふ》が。ちょっとほろ酔い気分でビーフカツレツの後味に浸っていたあたしも、一気に現実に引き戻される。そ、そうか。これって一応、お見合いだったんだ。

〈カットレット・ハウス〉から外へ出ると、黒塗りの大型ハイヤーが待機している。

「お送りしますわ、先生。どうぞ」と先に加治佐さんを後部座席に乗せるお祖母さまを見てあたしは、あれ？　と思った。ハイヤー、いつの間に手配したんだろ。それに今日は、なんでいつもの、おかかえ運転手付きのアストンマーチンじゃないの？

「それじゃ国井さん、わたしたちはこれで。この娘のこと、どうぞよろしく。ユリエ、くれぐれも粗相のないように、ね」

「はあい」

「この機会に、ちゃんとしたおとなのお付き合いというものを教えていただきなさい。いつまでも子どもじみた探偵ごっこなんかに、うつつを抜かしていないで」

「ごっこ、って、いや、そんなことをしているつもりは毛頭」

「ちょっとくらい警察の方に意見を求められたからって、調子に乗っているんじゃありませんよ」

へ？　なんで？　なんで、そんなことを知ってんの？　ひょっとして、こっそりあたしの身辺調査でもさせてる、とか？　まさかとは思うけど、まったくあり得ないって話でもないしなあと、もやもやしているあいだにお祖母さま、車中へ消えた。

「ユリエさん」と国井さん、走り去るハイヤーを見送るあたしに声をかけてきた。

見かけによらず渋い低音で、へええ、こんな声をしてるんだと、ちょっと意外。そういえば食事中、昔の想《おも》い出話に花を咲かせてお喋《しゃべ》りしていたのは、もっぱらお祖母さまと加治佐さんのふたりで、国井さんはあんまり言葉を発しなかったっけ。まあ、ひたすら喰いにかかっていたあたしも、似たようなものだったけど。

「ユリエさん、パスタはお好きですか」

「パスタですか？　ええ、大好きです」

「もしも、まだおなかのほうがだいじょうぶなら、これからもう一軒、いかがですか」

「あたしは、かまいませんけど」

もうちょっとなにか食べたいなーと思っていたあたしは大歓迎だけど、国井さんのほうはいいのかな？　ビーフシチューセットはサイドメニューが豊富で、なかなかけっこうなボリウムだ。大の男が満腹で動けなくなってもおかしくないくらい。それを、さりげなく見ていた限りでは国井さん、きれいに完食していたようだったけど。

「よかった。では行きましょう」

「あ。その前に国井さん、ひとつ、お願いがあるんですけど」

「なんでしょう」

「何軒でもお付き合いさせていただきますけど、支払いはすべて割り勘ということにさせていただけません？」

「それは別に、かまいませんが」

あまり詳しくは説明しないつもりが、もの問いたげに迫ってくる双眸《そうぼう》に、つい根負けしてしまった。「すみません。単にあたしの、つまらないこだわりなんです。相手が男性女性に関係なく、奢ってもらうとなると、なんだか、せっかくの美味しいものも心から楽しめなくなる、という」

「そうなんですか。でも、さっき……」

お祖母さまには払ってもらっていましたよね？　との言外の含み。そりゃ、そう指摘したくもなりますよね。「まあ、身内は、ね。それに、自分で払いたいといっても、どっちみちあたしが自分で稼いだお金じゃないわけで。首尾一貫性のない勝手な言い分であることは重々承知ですが、どうかご理解いただけるとありがたいです」

「判りました。なにごとも自分流を貫くのはたいせつなことですし。では、参りましょうか」

国井さんに案内されたのは通称〈洗いびつ横町〉という、昔ながらの飲み屋が軒を連ねる狭い路地だ。といっても最近は後継者不足で廃業した店の跡に、いまふうのお洒落《しゃれ》なカフェやバルが入っていたりするので、あたしも全然、変には思わなかったのだが。

「こちらです」と国井さんが木目調のドアを開けてくれたのは〈カンティナＳＷ〉というバーだ。あれれ？　パスタっていうから、てっきりトラットリアかなにかに連れてこられるものとばかり思っていたのだが。それに国井さん、お酒は飲まないひとってわけじゃないのかな？

カウンターの向こう側から「いらっしゃいませ」と微笑《ほほえ》んできたのは黒の蝶《ちょう》ネクタイとベスト姿の男性バーテンダーだ。髭《ひげ》をたくわえたエキゾチックな風貌。壁一面に並べられた各種ボトルを透過する間接照明で全体的に琥珀《こはく》色に浮かび上がるインテリアも、なかなか洗練された雰囲気。この界隈《かいわい》では、かなり新しいほうのお店だろう。

きょろきょろ周囲を見回していて、立ち飲み式の丸テーブルの横に置かれた小さな黒板が眼に入った。チーズ盛り合わせやレーズン、黒胡椒《くろこしょう》のクッキー、チョコレートなどの定番メニューといっしょに、ペペロンチーノ、ポモドーロと記されている。

「あ、そういうことか」

多少ほろ酔い加減だったせいもあってか、自分でも気が引けるほど大きな声が出た。慌てて掌で口を覆うと、国井さん、愉快そうに笑いながら、おしぼりで手を拭う。

「ユリエさんは、どちらのパスタがいいですか」

「どうせなら、両方とも、いただいてみたいですね」

「ははは。じゃあ、ひとつずつもらって、それぞれ取り分けましょうか。飲みものは、どうされます？」

「うーんと。重めのやつは後にして、とりあえずスパークリングワインとか」

　というわけで、ヴーヴ・クリコのイエローラベルをボトルでもらって、シャンパンフルートで乾杯。

「てっきり国井さんて、お飲みにならないんだとばかり、思ってました」

「実はぼく、アルコールが入ると、すごくお喋りになる質《たち》でしてね。我ながら、やかましいくらい。友だちとかといっしょのときはまだいいんだけど、住吉さんとユリエさんには今日、初めてお会いするわけですし。しばらく良い子にして、様子を見よう、と」

「酔ってお喋りになるといえば、あたしもそうかなあ」飲んでいなくてもお喋りはお喋りで、ひとこと多くてお祖母さまに叱られたりしてますけど、とは言わないでおく。

「このお店は、よく来られるんですか？」

「ぼく、パスタには眼がないんだけど、いままで食べたなかでは、ここのがいちばん気に入っているかな」

「ほう。それは聞き捨てならない。楽しみですね」

「パスタなら毎日でもいいっていうくらい好きなんで、実はさっきも、頼もうかなと、ちらっと思ったりしたんだけど」

「あ。それはやめておいたほうがいいです」と、またしても店内のＢＧＭを搔《か》き消しそうな声が出て、慌てて口を覆う。

「ええ、知っています。小さい頃、祖父に連れていってもらったとき、昔からの名店だと聞いていたので、ものすごくわくわくして、注文したんだけど」

〈カットレット・ハウス〉にも一応ナポリタンとカルボナーラ、ふたつのパスタメニューがある。決して不味《まず》いわけではないが、決して安くもないお値段に見合う価値があるかというと、これが疑問符がついてしまうんである。たいへん残念ながら。

「それなりに美味しかったんだけど、期待していたほどじゃなかったな。なんて言うと、失礼だけど」

「他のメニューはだいたいハズレなしの、絶品ばかりなんですけど。まあ、どんなお店でもジャンルによって得手、不得手があるってことですよね」

出来たての二種類のパスタを、それぞれ半分こして、いただく。ポモドーロはあたしにはちょっと甘かったが、ペペロンチーノはオリーヴオイルの切れがよくて好みだ。これならおかわりしてもいいなと、ちらっと思ったけど、いや、この後、何軒回ることになるのか判らないもんね。控えておこっと。

「ところでユリエさん、さきほどお祖母さまが、探偵ごっこにうつつを抜かすなとか、警察の方に意見を求められたからって調子に乗るな、みたいなことをおっしゃっていましたが。あれって、どういう意味なんです？　ひょっとしてほんとうに、なにか実際の事件に関して、警察から意見を求められたことがおありなんですか？」

「そんなことでは全然、ないんですよ。お祖母さまが、ちょっと大袈裟《おおげさ》に言っているだけで」

「ぼくが、なぜ国井姓なのかといいますと、ですね」

「はい？」

「あ、すみません。唐突に」よほどあたしの声が素《す》っ頓狂《とんきょう》に響いたのか、国井さん、笑みを浮かべたままなものの、少しのけぞり気味である。「お受けしていただくかどうかは別として、一応はお見合いですから、ぼくのことをよく知っておいて欲しいな、と思って。それとも、こういう話はお嫌いですか？」

「いえ、別にそんなことはないですけど」

ぼくもこうして話したんだから、あなたもいろいろ打ち明けてくださいね、みたいな流れになるのは、はっきり言って勘弁してもらいたいが、そんなこと、この場で馬鹿正直に伝えても仕方ないし、なあ。

「えと、どうして国井姓なんですか。そういえば、さきほど加治佐さんが、わけあって娘さん夫妻の養子になったとか、おっしゃっていましたが」

「そうなんです。ぼくが小さい頃、母が、そして父が立て続けに他界しましてね。一時期は祖父母にあずけられていたようだけど、結局、子宝に恵まれなかった父の姉、つまり伯母《おば》夫婦に引き取られることになった」

「そうだったんですか」

幼くしてご両親を亡くされているというのは、もちろん痛ましい話だけれど、前振りで身構えさせられたほどのヒネリはないな……などと不謹慎なことを考えていたら、ここから予想外の展開となってゆく。

「母が死んだのは、ぼくが一歳か、二歳か、もの心がつくより、ずっと前のことだったらしいんだけど。その死んだ場所が問題でしてね。いや、状況が、と言うべきか」

「場所？　状況？」

「母は旧姓、吉村《よしむら》優美《ゆみ》といいまして、父、加治佐良仁《よしひと》と結婚したのは、亡くなる数年前だったそうです。夫婦仲は至って円満のように外からは見えていたので、母が死んだときは誰しもが驚いた」

夫婦円満だと思われていたから、死亡したときは驚かれた？　なんだか全然、脈絡が見えない。

「母の死因は不明だったそうです。外傷もなければ、薬物などの反応も皆無。病理学的な異状も認められない。結局、急性心不全かなにかが原因の、いわゆる突然死だったのだろうと考えられた。それだけならば、不審な点はなにもありません。しかし、母が死んでいた場所が問題だった」

「どこで、どんなふうに亡くなられていたんですか」

「場所は国井家です」

「え？」

「父の姉、旧姓加治佐博子《ひろこ》が国井秀行《ひでゆき》と結婚したのは、母と父が結婚したのと、ほぼ同時期だったとか。もともとは母と伯母が高校時代の同級生で、仲が好《よ》く、互いに社会人になってからも親交が続いていた。それが縁で母は、伯母から父を紹介された。ざっと、そういう経緯だったようです」

母と伯母が同級生、のくだりで一瞬、混乱した。つまり、国井優仁さんの実母である旧姓吉村優美さんと旧姓加治佐博子さんが高校時代からのお友だち同士だった、というわけか。そして加治佐博子さんは自分の弟、加治佐良仁さんを吉村優美さんに紹介し、その結果、ふたりは結婚した、と。

「それと前後して、父は伯母に、会社の同僚である国井秀行を紹介した。こうして、父と母が結婚するのとほぼ同時期に、伯母も伯父《おじ》と結婚したというわけです」

つまり、いっぽうの加治佐博子さんは弟の同僚である国井秀行さんを紹介され、こちらもめでたく結ばれた、と。なにしろいまちょっと酔っぱらっているので、いちいち頭のなかで関係者の相関図を整理しながら聞かないと、話の流れを見失ってしまいそうだ。もちろん、いま国井さんが伯父、伯母として説明しているのは現在の彼の養父母に当たるわけだが、そこまで呼び方を厳密化していたら、却《かえ》って混乱しそうだ。

「ぼくの実の両親と伯母夫婦とは、ざっとそういう関係でした。それがある日、母が伯母夫婦の家で急死したのです。しかも、夫婦の寝室で、全裸の状態で」

なるほど。加治佐優美さんが亡くなっていた場所と状況が問題とはそういうことか、と納得。その事実を突きつけられたら、十人が十人とも、寸分たがわず同じ想像をするだろう。あたしも、した。

「えーと、つまりお母さま、加治佐優美さんは、そのとき、夫の同僚であり、なおかつ義理の兄でもある男性と……」

国井さん、頷《うなず》いた。「不倫していた。なんとも大胆なことに、伯父の自宅で」

身内の不名誉な話題にもかかわらず国井さん、こちらがちょっと引いてしまいそうになるくらい、淡々としている。あるいは、自分はまだもの心ついていなかった頃の昔話で、実質的には無関係だ、とでも割り切っているのだろうか。

「伯父もさぞかし困ったでしょう。なにしろ行為の途中で急に、母が息絶えてしまったのだから。しかもそこはホテルなどではなく、自宅です。いずれ伯母も帰ってくる。母をそのまま放っておくわけにもいかない。やむなく救急車を呼んだ」

「まあ、そうするしかありませんよね」

「もしかしたら伯父はその前に、なんとか母に服を着させるかどうかして、うまく不倫の事実を隠蔽《いんぺい》できないものかと模索したかもしれません。が、人間の死体は重いし、生きているときとちがって向こうから手を貸してくれる、なんてことも望めないでしょ。そうそう簡単に取り扱えるものではないわけで」

いつしかあたしは、少し酔いが醒めたような気分で国井さんの声に聞き入っていた。まさか、仮にもお見合いの席でこういう会話を交わすことになるとは思わなかったな。

「特に母は女性としては大柄なほうだったそうですから、そのとき、手伝ってくれる者がいたならともかく、伯父独りでは偽装工作はほぼ不可能だった。あるいは下着だけとか、パジャマだけとかなら、なんとかなったかもしれないが、なにしろそこは母の自宅でもなんでもない、伯父夫婦の家の寝室だったんですから。下着姿や寝巻姿は、それはそれで不自然だ。結局、自分の不義が伯母にばれても仕方がないと、伯父は観念した」

「でも、この場合、単なる不義ではすみませんよね。単なる、というのも変だけど」

「いや、まさにそのとおりです。伯母にしてみれば、夫の不倫相手は、なんと自分の弟の妻で、しかも昔からの友だちだったわけだから。さぞショックであり、さぞ複雑な心境でもあったことでしょう」

「ショックで複雑なのは加治佐良仁さんも同じですよね」ここで国井さんに合わせて「お父さん」という呼び方をすると自分でも混乱しそうな気がしたので、敢《あ》えてフルネームのみで呼ぶことにする。「妻が、よりによって自分の姉の夫と不倫していた、と知って」

「そりゃあ、もちろんそうでしょう。想像に難くありません」

「で、どうなったんです」

「変死ということで、救急車だけではなく、警察にも通報せざるを得なかった。そのときには伯母ももう帰宅していて、夫婦揃って事情聴取を受けたそうです。いろいろ訊かれているうちに当然、伯父の不倫の事実は炙《あぶ》り出されることになる。一度そうなってしまったが最後、ひとの口には戸が立てられない。それが世の常です。死亡した母と伯父が不倫関係にあったという噂《うわさ》は、あっという間に世間に拡《ひろ》がった」

「どこへ行っても、国井さん夫婦は針の筵《むしろ》状態ですよね。特に秀行さんは。だって彼、義理の弟である加治佐良仁さんとは会社の同僚でもあったわけだから……」

「ええ。母の死後、伯父は職場には居づらくなったのでしょう。すぐに自主退職したそうです」

「国井博子さんは、ご主人と離婚することは考えなかったのかしら」

こうして現在、夫婦で国井優仁さんの養父母になっているんだから、別れてはいないってことだよね、多分。

「どうでしょう。まったく頭に浮かびもしなかった、ということはないとは思いますが。結局、離婚はしなかった。というか、それから一年も経《た》たないうちに、今度は弟である父が急死したものだから、そんなことを考える余裕がなかったのかもしれませんが」

「加治佐良仁さんは、どうして？　ご病気だったんですか」

「いいえ、殺されたんです」

さすがに驚いた。国井さんの説明を聞いているうちに、自分のなかである程度、話の見通しがついてきたと思っていたのだが、まだこんな展開が待っていたとは。

「しかも、その容疑者として逮捕されたのは伯父でした」

もっと驚いてしまった。「国井秀行さんが？　え。ほんとに彼が加治佐良仁さんを殺したんですか？　いったいぜんたい、どういう理由で？」

「警察の見解としては、そもそもは父が伯父に危害を加えようとしたその結果、返り討ちに遭ったのだろう、と」

「加治佐良仁さんが国井秀行さんに危害を加えようとした……それは亡き奥さんとの不倫を恨んでとか、そういう見立てですか？」

「警察はそう考えた。というより、確信していたんでしょう。それもむりはない話で、父の遺体が発見されたのは伯父夫婦の自宅でだったんです」

「すると、加治佐優美さんが亡くなられたのと同じ家で、良仁さんも……？」

「いいえ。そのとき伯父夫婦は、そこからはもう引っ越していたそうです。ひと死にのあった家という心理的抵抗もさることながら、ご近所の陰口が、とにかく酷《ひど》かったらしい。あそこの旦那さん、よっぽど精力があり余っているらしくて、あのときの勢いがすごいんですって、なにしろ浮気相手の義理の妹がその激しさに耐え切れず、心臓が止まっちゃったほどだから、とかなんとか。実際にはこれよりも、もっとえげつない言い回しだったようですが」

陰口のセンスが下種《げす》の極みなのは措《お》くとして、たしかに不倫行為の最中に急死したと聞けば、死因についてそういう勘繰りをする向きは世間に少なくないかもしれない。

「その引っ越し先の、新しい国井さん夫婦の家で、加治佐良仁さんは殺された？」

「遺体を発見したのは伯母でした。結婚当初は仕事を辞めて専業主婦になっていた伯母でしたが、伯父の自主退職後、復職し、働きに出ていた。伯父が新しい職を得た後も、伯母は仕事を続けていたのですが、その日は休みで、友人たちと買物や食事に出かけていた。帰宅してみると、弟が居間で仰向《あおむ》けに倒れ、絶命している。遺体の腹部には包丁が刺さったままで、父の服もカーペットも、なにもかもが血まみれだったそうです」

この場合の「弟」と「父」は同じ加治佐良仁さんのことだなと、頭のなかで整理する。国井さんにとっては登場人物たちの関係性は自明の理だから無意識にいろんな呼び方が混ざってしまうんだろうけど、もう少し聞いている者の身にもなって欲しい。

「伯母は仰天して、すぐさま警察に通報しました。当初は家じゅうが荒らされていたこともあり、強盗の仕業かとも思われた。しかし警察は、そもそもなぜ父は国井家にいたのか？　という疑問のほうを重要視した」

「それほど不自然なことなんですか、それって？　だって……」

「警察に心当たりを訊かれた伯母は、きっとなにか用があって、自分に会いにきていたんだと思う、と答えた。伯母と父は実の姉と弟という関係なのだから、そのこと自体はもちろん不自然ではない。しかし、父が国井家を訪れた際、伯母も伯父も留守だったことが判明した。なのに、どうして父は国井家に上がることができたのか？」

「ははあ、そういう……」

「父は国井家の合鍵を持っていたのではないか？　そう考えた警察が調べてみると、父の上着のポケットに入っていた鍵束に、国井家の玄関のものが付いていたそうです。では、父はなぜそんなものを持っていたのか？　仮に伯母が独身だったのだとしたら、姉がいざというときに備えて弟に自宅の鍵を渡しておくというのも、あり得なくはない。しかし、伯母は独りで暮らしていたわけではない。伯父も同居していたのです。母の死を巡って、父とは因縁の相手である伯父が、ね」

「なるほど。仮に国井博子さんが、自宅の合鍵を弟に渡しておきたいと言っても、ご主人がそれにすんなり同意するとは、ちょっと考えられない、と」

「まさしくそういうことです。となると、父が合鍵を持っていたのは、こっそり自分でつくっていたからだ。おそらくは姉と外で会っているときに、彼女の眼を盗んで、粘土かなにかで鍵の型をとっておき、それを鍵屋に持ち込んで複製をつくらせた、と。警察はそう結論づけた」

「そして、こっそり合鍵をつくったのは、なにか善からぬ意図があってのことだった、というわけですか」

「そのとおり。そもそも父にとって、伯父は妻を寝盗《ねと》った、憎き男ですからね。できれば一生顔も合わせたくないというのが本音で、たとえまっとうな用件があろうとも、自ら国井家へ出向くのはかなりの心理的抵抗があったはずだ。にもかかわらず姉の眼を盗んでまで合鍵をつくっていたその理由とは、他でもない、国井家に忍び込んで、隙を衝《つ》き、伯父に危害を加えることだったのではないか。もしかしたら完全に亡き者にする覚悟でいたかもしれない。父にはそうするだけの動機も、もちろんあった」

「国井秀行さんと亡き妻、加治佐優美さんとの不倫を恨んで、ですか」

「母はもうこの世にいないのだから、不貞を責めたてるわけにもいかない。父の怒りは、いきおい伯父ひとりに向けられることになった、というわけです」

「で、秀行さんに危害を加えようと国井家に忍び込んだ加治佐良仁さんは、そこで義兄に返り討ちに遭って、命を落とした、というんですか。でも、そのとき国井秀行さんは留守だったんでしょ？　さっき、そうおっしゃいましたよね」

「伯父はそう主張した、という意味です。自分はずっと留守だった、とね。しかし、それを証明できなかった。伯父によれば、父が殺害されたと推定される時間帯には交通事故による渋滞に巻き込まれ、にっちもさっちも動けなくなっていたんだ、と。本来はその数時間前に帰宅する予定だったのに、すっかり遅くなってしまった。ようやく我が家へ辿《たど》り着いたと思ったら、そこらじゅう警官で溢《あふ》れていて、びっくりした、と」

「しかし警察は、国井秀行さんのその主張を認めなかった？」

「伯母が父の遺体を発見したときは、たしかに伯父は家にいなかった。しかし、それは犯行後、アリバイを偽装するために現場を離れていたに過ぎない、と」

「でも、そんな交通麻痺《まひ》を起こすような、大きな渋滞があったのだとしたら、警察は簡単にその確認がとれたでしょうに」

「大きな渋滞があったのは事実でも、そこで伯父が足止めを喰らっていたと証明するのはむずかしい。鉄道なんかとちがって、遅延証明書が発行されるわけでもありませんしね。決定的だったのは、凶器の包丁に伯父の指紋が付着していたことだったそうです。といっても、それはもともと国井家の台所にあったものだから、伯父の指紋が検出されたって少しも変ではない、とも言えるわけですが、必死の無罪の主張も虚《むな》しく、伯父は逮捕されてしまう。嫌疑をひっくり返すのは到底むりだと取り調べの途中で諦めたのでしょう、否認から一転、罪を認めた」

「それは例えば裁判で、自宅で突然、義弟に襲いかかられたので反撃したら、そんなつもりはなかったのに死なせてしまった、という正当防衛が認められれば、あるいは減刑が期待できるかもしれないと判断したから、なんでしょうか？」

「あるいはね。ただ現実はそれほど甘くなくて、遺体発見時、伯父が現場にいなかったのは自分のアリバイを偽装する意図があったからだと看做《みな》されたのが、どうやら致命的だったようです。過剰防衛かつ悪質な自己保身だと糾弾されても、やはり早くすべてを終わらせたいという気持ちが強かったのでしょう、伯父は控訴せず、実刑が確定した。伯父の冤罪《えんざい》が明らかになったのは服役して、模範囚で仮出所した直後だったそうです。別の傷害致死容疑で逮捕された男が、強盗目的で国井家に侵入し、そこに居合わせた父を刺殺したことを自供した。ぼくはその頃、もう小学生になっていて。そのとき母が、いや、この場合は養母という意味での伯母のことですけど、伯父の手を取って、はらはら涙を流していたことを、いまでもよく憶《おぼ》えています」

「すると、秀行さんの冤罪がまだ明らかになっていない段階で、すでに優仁さんは国井さんご夫妻の養子になられていた、ということですか？」

ちょっと微妙な間が空いた。「ええ、そうですよ。そういうことです」

「変なことを訊くようですけど、あなたが国井さんご夫妻の養子になることを、加治佐さんご夫妻、つまりお祖父《じい》さまとお祖母さまは反対なさらなかったんでしょうか」

「それは……反対しなかったと思いますよ。祖父母にとってぼくは、たいせつな息子の忘れ形見だ。そのぼくを、他ならぬ自分の娘が育ててくれるというのなら、むしろ願ったり叶《かな》ったりだったのでは」

「たとえ正当防衛であろうがなかろうが、その時点ではまだ自分たちの息子を死なせたとされ、服役していた男が、たいせつな孫の養父になる、なんて。普通なら強烈な拒否反応を示しそうなものでしょ。少なくとも、どうしても優仁と養子縁組をすると言うのなら、先ずあの男と離婚しろ、と娘の博子さんに迫る。それくらいのことをやるのが祖父母として当然の反応だと思いますが、加治佐さんご夫妻は、そういう行動にはまったく出られなかったんでしょうかね？」

「ぼくが国井姓になることに祖父母がまったく抵抗を示さなかった、とは思いません。でも結局は、娘の意志の固さに絆《ほだ》されるかたちになったんでしょう」

「国井博子さんの意志の固さ、とは？　それは、なにに対しての？」

「なにがなんでも自分の手で、ぼくを育てることに対しての」

「それは、夫の秀行さんとは、たとえなにがあろうとも絶対に離婚しない、という点も含めての意志の固さだった？」

「もちろん、そうだったんでしょう」

「なぜ？　なぜ博子さんは、そこまで意志が固かったのでしょう。およそ考えられ得る限りの、ありとあらゆる逆境に対して？」

「それは愛情があったからでしょう。ぼくに対しても、そして伯父に対しても」

「愛情。なるほど、愛情ですか。たしかに最初は運命共同体的な絆《きずな》から出発したものが、ともに幾多の試練を経るうちに、ほんものの愛情に変化するということもあり得るでしょう。たとえそれが、どこまで行っても限りなく友情に近いものだとしても、ね」

一瞬、ほんの一瞬だったが、国井さん、ちょっと怖いくらいの半眼になった。

「国井さんご夫妻にしてみれば、あなたのことはなんとしてでも自分たちの手で育てなければならなかった。なぜならばあなたは他ならぬ、優美さんと良仁さんの忘れ形見だったから……」

あたしもなるべく無表情を意識して、じっと国井さんの顔を凝視する。

「これは一応お見合いなんだから、ぼくのことをよく知っておいて欲しい、と。そうおっしゃいましたね。だったら、こういう回りくどい謎かけなんかをされなくても、もっとストレートに言ってくださって、だいじょうぶですよ。あたし、そういうことには、まったく偏見はないつもりですから」

　放心したように宙に眼を泳がせていた国井さん、やがて、がっくりと肩を落とし、泣き笑いのような表情を浮かべた。「……まいったな。どうやらぼく、相当あなたのことを見くびっていたようだ」

「まさかとは思うけど、国井さん、お見合いのたびに相手の女性に、この話を披露しているんですか？」

「これまでに、二回ほど。もちろん、どちらの女性もこの謎かけには、まったくピンときていないようでした。はっきり気づかれたのはユリエさんが初めてですが、どこで……どこで判ったんです？」

「どこで判ったかもなにも、ヒントを出し過ぎですよ、あからさまに」

「えーっ？　そうかなあ」こちらを値踏みするような眼差《まなざ》しのなかにも、おもしろがる余裕が綯《な》い交《ま》ざってくる。「そんなに、あからさまだったかな」

「そもそもご自身が、まだ全然もの心ついていなかったときの事件の詳細を、ここまで感情移入して語れるという点からしてもう、あたしは引っかかりまくりでしたよ。国井さんたら、こんな話をいったい誰から聞かされたんだろ？　って」

「誰から、って……それは」

「ま、それは後回しにして。まず加治佐優美さんが国井家の夫婦の寝室で急死した件。いくら死亡時、全裸だったからといって、彼女が国井秀行さんと不倫中だったというのは、あり得ません。絶対に」

「そこまで断言できるんですか」

「普通に警戒心のある不倫カップルなら、いつ双方の妻や夫が戻ってくるかもしれない相手の家で逢瀬《おうせ》なんか重ねるもんですか。たとえ、うまく留守の間隙を縫えたと思っても、ちょっと普通に勘が働けば、自分のいないあいだに、なにかあったんじゃないかと疑われる。少なくとも女性は絶対に勘づきます。男はたまに鈍いタイプもいて、不倫相手の自宅へのこのこ出かけていったりするかもしれないけれど、女性はまずあり得ない。加治佐優美さんだって、きっとそうだったでしょう。うっかり国井家で秀行さんと密会なんかしたりしたら、奥さんの博子さんに勘づかれかねないと、用心しなかったはずはない。ただし」

あたしは掌を掲げて、なにか言おうとしていた国井さんを遮った。「ただし、これにはある条件下で、ひとつだけ例外があり得る。その条件とは、加治佐優美さんの不倫が実は国井夫婦の公認だった、ということ……お判りですよね？」

国井さん、開きかけていた口を閉じた。

「奥さんの博子さん公認の不倫だったから、優美さんは堂々と国井家に通っていたのかもしれない、と。あたしは一旦、そう考えかけました。でもすぐに、あなたが出してくれた露骨なヒントのお蔭《かげ》で、全然そういうことではない、と気がついた」

「露骨なヒントって、そんなに露骨だったかな」

「秀行さんが救急車を呼ぶ前に、もしかしたら優美さんに服を着させておこうと思ったかもしれない、というくだりで、あなたはこう言いましたね……そのとき、手伝ってくれる者がいたならともかく、伯父独りでは偽装工作はほぼ不可能だった、と」

「それが、どうヒントになるんだろ」

「独りだった秀行さんは手も足も出なかったという単純な結論に、どうしてそういう詮ない仮定をわざわざ持ち出すんだろうと、些細《ささい》なことかもしれませんが、ふと引っかかったあたしは、こう考えました。あなたは明らかに、このご両親と養父母の逸話には直接的には語られていない裏があることを、あたしに見抜いてもらいたがっている、と。だとすれば、もしかして秀行さんにはその状況下で、本来ならば手伝ってもらえる者の当てがあったと、あなたは仄《ほの》めかしているんじゃないだろうか？　とね」

　国井さんの表情は変わらなかったが、微《かす》かに息を呑む気配が伝わってくる。

「ほんの思いつきでしたが、一旦そう考えるとますます、秀行さんと優美さんの不倫は妻の博子さん公認だったのではないかという印象が強まった。しかし、そう仮定して推論を進めてゆくと、ある矛盾というか、奇妙な疑問点も浮かび上がってくる」

「……それは？」

「仮に夫婦公認の不倫だったとします。その場合、優美さんが急死したとき、彼女に服を着させるなどの処置を手伝ってもらえる当てが秀行さんにあったのだとしたら、それは妻の博子さん以外には考えられない。が、博子さんを協力者だと想定するためには、ある条件設定が必要となる。それは、その当時、彼女は外に働きに出ていたか否か、です」

国井さん、シャンパンフルートを手に取ったが、結局ヴーヴ・クリコを口に含むことなく、カウンターに戻す。

「さきほどの説明のなかに、優美さんと博子さんは社会人になってからも親交が続いていた、というくだりがありましたね。ということは素直に解釈すれば、おふたりとも結婚前は就職していたと考えられる。では結婚後はどうだったんだろう。優美さんはともかく、博子さんは仕事を続けていたんだろうか？　ここがちょっとしたポイントになりそうだと思いながら、さらに説明を聞いていると、博子さんは結婚当初は専業主婦だったと、あなたは言いました。妻が専業主婦の自宅に他の女性を招き入れるなんて、夫にとってこれ以上リスキーな行為はありません。これはますます、不倫は夫婦公認だった、としか考えられなくなる。が、だったら……」

「だったら母が急死したとき、なぜ伯父は、伯母に手を貸してもらえなかったのか」

「もしも夫婦公認だったのなら、ふたりで協力して優美さんに服を着させさえすれば、不倫の事実は隠蔽できていたはずです。なにしろ妻の博子さんが口裏を合わせてくれるのだから、優美さんが夫婦の寝室で急死した状況についても、なんとでも言い抜けが利く。にもかかわらず、どうも秀行さんは、そうしようとした様子がない。ただ孤軍奮闘を余儀なくされ、結局は優美さんに服を着させることを諦めたというニュアンスばかりが伝わってくる。これはどういうことか?」

あたしは、ヴーヴ・クリコの残りを飲み干した。

「夫婦公認の不倫という設定がまちがっているのか。いいえ。設定はそのままにして、夫婦の立場を入れ換えてみれば充分に仮説は成立するんです。つまり、優美さんが急死したとき、手を貸せるはずのほうのひとは外にいて不在で、たとえ緊急連絡をもらったとしても、そうそう簡単に国井家へは戻ってこられない立場にあった。仕事で多忙で、ね」

国井さん、やや自虐的な微苦笑とともに、かぶりを振った。

「手を貸そうにも、すぐには自宅へ戻れず、結局、手を貸せなかった人物、それは国井博子さんではなかった。夫の秀行さんのほうだったのです」

強いお酒が欲しくなり、ここでロイヤルハウスホールドのストレートとチェイサーを注文する。

「つまり、加治佐優美さんが亡くなられたとき、彼女といっしょにベッドにいたのは国井秀行さんではなかった。妻の博子さんのほうだったのです」

「なんというか、その、お見事です」どこか晴ればれとした面持ちで溜息《ためいき》をつく国井さんであった。あたしに倣ったわけでもあるまいが、まだ残っているヴーヴ・クリコからシーバスリーガルのロックに切り換える。「まさか、そこまでお見通しだったとは」

「優美さんの遺体を前にして、博子さんは独りではどうすることもできなかった。優美さんが国井家の夫婦の寝室で死んでいるという状況に、なにか適当な理由をでっち上げられないものかと知恵を絞ったかもしれません。しかし、なにも思いつかなかった。これって三十年以上前の話なんですよね？　その頃は現在のように携帯電話も普及していなかったから、博子さんは秀行さんに連絡をとることすらできなかったかもしれない。ただひたすら秀行さんの帰宅を待つしかなかった。もしかしたら秀行さんが帰ってきた後で、ふたりで協力して優美さんに服を着させることも検討したかもしれませんが、死後、極端に長時間、経過してから通報するというのもなにかとまずい。そう判断して結局、優美さんと不倫していたのは秀行さんだった、ということにしたのです。なによりも世間の耳目をはばかって、ね。どうせ世間に後ろ指をさされるのならば、ただの男女の不倫ということにしておいたほうが、本人たちにとっては遥《はる》かにましだった」

「あの時代、レズビアンというものがどれだけスキャンダラスだったのかはよく知りませんが、少なくとも本人たちはカミングアウトするつもりもないし、一生隠し通すほうを選んだ。そういうことだったんでしょう」

「博子さんが国井秀行さんといっしょになったのは、同性愛者の偽装結婚の典型的なケースだった。だとすると当然、加治佐良仁さんが優美さんと結婚したのも……」

「伯父とゲイ・カップルであることを隠すための偽装結婚だった」

「優美さんの遺体を前にして途方に暮れていた博子さんはもちろん、夫だけではなく、弟に助けを求めることも検討したでしょう。同じ運命共同体同士、ちゃんと互いの特殊な事情には通じているわけですからね。しかし良仁さんも夫の秀行さんと同様、仕事で多忙なうえ、携帯電話という便利なツールで連絡もできず、つかまえることができなかった」

「ほんとに、時代がほんの少しでもずれていれば、まったくちがう結果になっていたかもしれませんね」

「ともかく秀行さんとは姉の博子さん公認のゲイ・カップルであったからこそ、加治佐良仁さんは国井さん夫妻の引っ越し先の新しい家の合鍵も、ちゃんと持っていたわけです。事件当日、良仁さんは夫婦揃って留守の国井家に上がり、秀行さんの帰りを待っていたのでしょう。ほんとうなら博子さんよりもずっと早く帰宅する予定だった秀行さんは渋滞に巻き込まれてしまう。その間に良仁さんは、国井家に侵入してきた強盗に殺されてしまった。その頃、まだあなたは二歳か三歳になったばかりですよね？　お祖父さまとお祖母さまにあずけられていたんですか？」

「はっきりした記憶はありませんが、そうだったようですね。正式に養子縁組をするのは伯父の仮出所が決まるよりも、ずっと前だった。そこまでして伯父と伯母、ふたりでぼくを育てていこうとしたのは、きっと特別な想いがあったからなのでしょう」

「もちろん。あなたは博子さんにとってこの世でもっとも愛した優美さんの、そして秀行さんにとってはこの世でもっとも愛した良仁さんの、忘れ形見です。おふたりにとって、あなたの将来を他の方々の手に委ねる、などという選択肢はあり得なかった。博子さんのご両親である、あなたのお祖父さまとお祖母さまが、はたしてどこまで詳しく事情を把握しているのかは判りませんが、あなたを自分たちの手で育てたいというお気持ちをしっかり受け止めていたのはたしかです。そうでなければ、服役中の義理の息子に、たいせつな孫をあずける気には到底なれなかったでしょう。なにしろその時点では、後に冤罪が証明されるなんて未来は予測できなかったわけですから」

「さきほどユリエさん、おっしゃいましたよね。まだ全然もの心がついていなかったときの事件の詳細を、ぼくは誰から聞かされたんだろう、と。それは伯父と伯母、いまの両親からです。大学入学が決まり、一旦親もとを離れて暮らすことになったとき、思い悩んだ末に、ぼくは己れの性的指向について両親に告白しておく道を選択した。

すると両親も、それを聞いて、思うところがあったのでしょう。かつての自分たち、ぼくの実の両親とのそれぞれの関係、そしてみんなが否応《いやおう》なく巻き込まれた事件について、包み隠さずに語ってくれた、というわけです」

「なるほど。多分そんなことだったんだろうな、とは思っていました」

「まさか両親も養父母もそういう性的指向であるとは夢にも思っていなかったので、びっくりしましたが、結果的に、打ち明けて正解だったと思います。ひとつ不思議なのは、そんな父と母から、ぼくが生まれたことです。たまたまふたりともバイセクシュアル寄りの質だったのかもしれませんが」

「セクシュアリティって常に揺らぎと隣り合わせですからね。世間はセクシュアル・マイノリティのことを理解できないって言うけれど、本人たちにだって理解できているとは限らない。それどころか、一生混乱したままのケースもめずらしくない、という話すら聞きます。ジェンダー・パニックって実は我々の認識以上に人類にとって普遍的なものであって、自分は正常だと思っているひとたちだって完全に無関係というわけにはいかないと、あたしは思うんですけどね」

「この問題については、誰もがユリエさんほど冷静に、かつ深く、議論できるわけではありませんから」

「あたしの想像ですけど、優美さんと良仁さんは多分、自分たちはバイセクシュアルかもしれないなんて意識はなかったんじゃないかしら。ただ、お互いにいっしょにいて苦にならない、くらいの気持ちでいたら、ごく自然なかたちで、あなたが生まれてきた。そういうことだったんじゃないでしょうか」

国井さん、そっと指で眼尻を拭った。

「あんまり知ったかぶりもできませんけど、人間同士として、よほど相性がよかったのかもしれませんよ。レズとかゲイとか、まったく関係なく、ね」

「ぼくは迷っているんです。かつて実の両親や養父母がそうしたように、ぼくも偽装結婚をすべきか否か、と。普通に独身で一生を通す男性も少なくないから、世間体をとりつくろうことにこだわらなくても、別にいいとは思うんだけど」

「そうですよ。それに結婚するとしても、相手の女性が納得ずくならいいけど、知らないまま夫婦になったりしたら騙《だま》し討ちでしょ。迷惑千万でしかありません」

「ええ。だから自分からはいわゆる婚活とかはしないんだけど、養父母に三十すぎて独身の息子がいると知ったら黙ってはいられないお節介が、世のなかにはたくさんいるんですよね。養父母も付き合い上、断り切れなかった縁談をこれまでに、ふたつ、持ってきた。先方がどの程度、乗り気だったのかは判りませんが、ぼくとしては己れの性的指向のことを伏せておくのは、なんだかアンフェアな気がした。かといって愚直にカミングアウトするのも、いまひとつ踏ん切りがつかない。そこで養父母と実の両親の昔話のふりをして、謎かけに代えた、というわけです」

　国井さんの言葉から完全に「伯父」と「伯母」という呼称が消えた。

「どちらの女性にも察してはもらえませんでしたけど。まあ、あたりまえですよね。さっきユリエさんがおっしゃったように、いくらなんでも回りくど過ぎる」

「で、今回はご両親からではなく」この「両親」はもちろん養父母の意味だ。あたしもだんだん、いろんな呼び方を混ぜるのに慣れてきた。「お祖父さま筋から持ち込まれた見合いに臨んだ、というわけですか」

「そういうことです」

「じゃあ、少なくともお祖父さまは、できればあなたに結婚して欲しいと願っている、ということで」

「え？　いや、ちがいます。両親と同じで、祖父もぼくがむりして結婚する必要はないという意見です。祖母も基本、同じ考えなんですけど、最近、入院したりして弱気になったのか、できれば死ぬ前に孫の披露宴を見ておきたい、なんて言うようになりました。冗談半分ですけどね」

「ちょ……ちょっと待ってください」たちまち胸中にどす黒く湧き起こる、この特大の暗雲の如き不安。「すると、今日のこれって、住吉家側から……こちらからお願いしてのことだったんですか？」

「そう聞いていますが……」

あたしが急にうろたえ始めたものだから、国井さんも戸惑ったのだろう。不安げにこちらを見てくる。

「先日、祖父が昔、教官を務めていた大学のOB会の集まりかなにかがあって、そこへユリエさんのお祖母さまも出席なさっていたそうです。旧交を温めているうちに、お互いの孫の話題になった。ぼくが三十すぎても独身だと知ったお祖母さま、それはぜひウチの孫娘と見合いをさせて欲しい、と。そう熱烈に懇願されたんだとか」

おかしい……おかしいよ。おかしすぎて、脳が破裂しそうだ。だって先週、電話をかけてきたとき、お祖母さまはこう言った。（この世には、たとえ虚礼と判っていても、おろそかにはできない、しがらみというものがある）と。もちろん一般論として述べたのだろうが、あのひとことがあったからこそ、あたしは今回の見合いが加治佐さん側から打診されたものとばかり思い込んでいたのだ。しかし、こうなってみると、さてはお祖母さま、あたしがそう勘違いすることを見越して、わざとああいう言い方をしたんじゃ……？

「あ、あの、つかぬことをお訊きしますが、今日〈カットトレット・ハウス〉で食事をすることになったのは、お祖父さまか、それとも国井さんのご要望だったんですか」

「いいえ」国井さん、怪訝《けげん》そうに眉根を寄せた。「洋食レストランでお見合いって、ちょっと変わってるなと思ったから、祖父に訊いたんです。そしたら、住吉さん、たってのご希望だから、と」

そんなばかな。お祖母さま、あんなにはっきりと（先方のご希望で）って言っていたのに……あッ。

寸止めする暇もなく、思わず低い呻《うめ》き声を洩《も》らしてしまった。そ、そうだ。食事の後、みんなの支払いをカードで済ませたのはお祖母さまだった。あまりにも普段から見慣れた光景だったため、あのときは特に変だとは思わなかった。しかし仮に、今日のことが加治佐さん側からの要望だったのだとしたら、あのお祖母さまの性格からして、絶対にそんな真似はしなかったはずだ。全額向こう持ちか、いいとこ割り勘である。それをなんの躊躇《ちゅうちょ》もなく全部自分で負担したのは、そもそもこれがお祖母さま側から加治佐さんにむりをお願いしてセッティングされたお見合いだったからに他ならない。

「どうされました、ユリエさん？」あたしはよっぽどひどい顔をしているのだろう、国井さん、ますます不安そうだ。「だいじょうぶですか？　お身体の具合でも？」

「だ、だいじょうぶ。だいじょうぶです」

迂闊《うかつ》だった。ほんと、我ながら迂闊にもほどがある。こんなこと、ちょっと考えてみるまでもなく、明々白々だったのに。お祖母さまったら、まんまと、あたしたちのこと、ダシにしてくれちゃって。

要するに今夜のメインイベントは、あたしと国井さんのお見合いなんかではなかった。お祖母さまと加治佐さんの、秘められしデートだったのだ。

そうなのだ。お祖母さまは学生時代、当時講師になったばかりだった加治佐さんに恋心を抱いた。そのとき加治佐さんが独身だったかどうかは判らないが、実際にふたりでデートをしたこともあったのだろう。その場所こそ、他ならぬ〈カットレット・ハウス〉だったのだ。支払いは男女割り勘という、見方によっては味気ない逢瀬であっても、締めのバニラアイスクリームの甘さはまた格別だったにちがいない。

互いに孫のいる年齢になって再会し、かつての淡い恋心が甦《よみがえ》った。加治佐さんのほうがどう感じたかはともかく、少なくともお祖母さまは、ふたりだけの時間を再現したいという切ない気持ちを抑えられなくなったのだろう。しかし、大きな問題がある。加治佐さんには奥さんがいるし、仮に独身だったのだとしても、〈スミヨシ〉の総帥というお祖母さまの立場上、うっかり特定の男性の影がちらついたりしたら、グループ内の勢力争いの火種になりかねない。

そこでカモフラージュとして、あたしと国井さんのお見合いをセッティングしたというわけだ。加治佐さんを自宅へ送るためにわざわざハイヤーを手配したのも、たとえほんの短い時間であろうと、おかかえ運転手の耳目のないところで、ふたりきりになりたいという女心だったのだ。つ、つまりこれは。

これは偽装結婚ならぬ、偽装見合いだった……ってオチですかいッ。くっそおおお。ちくしょお。やられた。まんまと嵌《は》められちまったよお。くやしい口惜《くや》しい、くやしいいいいッ。いや、お祖母さまの乙女《おとめ》な心情は理解できるつもりだし、全然ほのぼのとしないってわけでもないんだけれど、うー、むかつく。な、なんか、ムカつく。

それに、ようやく思い当たったんだけど、あの加治佐さん、どこかで見覚えがあるような気がしたのは、第一印象が、ほんのちょこっとだけど、だーりんを連想させたからだ。といっても外見や所作にこれといった共通点は全然ないので、すぐにそんなイメージは跡形もなく霧散し、自分でも忘れていたんだけど……てことは。

てことは、もしかしてあたし、男性の趣味までお祖母さまに似てる？　隔世遺伝かよ、もう。ったく。むかつくのを通り越して、なんだか笑い出したくなってきた。

「あの、国井さん」

「はい？」

「もしもお時間、よかったら、これからもう一軒、行きませんか。あたしがご案内いたします」

「それはぜひ、喜んで」

「飲みじゃなくて、がっつり食べようと思ってるんだけど、だいじょうぶですか」

こうなったら朝までヤケ喰いじゃ。もう誰にも、あたしを止められないぞ。

「ぼくはけっこう大喰いのほうなんで、あと一食や二食くらいは平気ですけど」

「そうこなくっちゃ。朝の四時までやっている串焼きの店があるんです。締めに美味しいラーメンもいただけるので。あ」と、あたしはスマホを取り出した。「えと、いまからお友だちも呼んじゃって、いいですか？」

「どうぞどうぞ。せっかくだから、にぎやかにやりましょう。同じ学生さんですか？」

「ええ。ロリっぽい娘に、レズビアンのお嬢さん、そして女装男子の三人です」

眼を丸くしている国井さんに、にっこり、微笑んでおいてから、あたしは真緒ちゃん、阿藤さん、そして葵くんの三人にメールを一斉送信した。

『いえーい、元気？　あたしは、たったいま人生初のお見合い、終了。お相手の男性を紹介するから、来られるひとは、いまから〈宙丸《ちゅうまる》〉へ集合。あ。断っとくけど、そのひとには多分、今日しか会えないだろうから、そのつもりでね。んじゃ、のちほど』

逢_{おう}魔_まが刻_{とき}

これは、こ、困った。どうしよう。まさか、こんなことになるとは。

とりあえず眼の前の生ビールのジョッキを干したら、あとのオーダーは全部キャンセルして店を出てゆこうか。そんな衝動に一瞬かられたが、いや、まてよ、それは却《かえ》ってまずいかも、と思い留《とど》まる。そんな行動をとったら、よけいに住吉《すみよし》さんたちの不審を買ってしまうかもしれないわけで。

「とりあえず生。ナマ中、四つね。四つ。お願いしまっす」

通路を挟んでぼくの後ろの座敷席にみんなでどやどや腰を落ち着けている様子を背中で聞いていると、そんな元気な声が上がった。住吉さんだ……と、彼女の顔も見ずにそう確信した己れに、ふと戸惑う。

ぼくはこれまで住吉さんと個人的に言葉を交わしたことは一度もない。彼女がキャンパス内で誰かとお喋《しゃべ》りする場面は何度か目撃しているが、いずれも具体的な内容を聞き取れるほどの近距離からではない。彼女の周囲にはいつも映画の音響効果やフィルムの質感のようなフィルターがソフトフォーカスさながらにかかっていて、住吉ユリエという名前をひとり歩きさせる。要するに、ぼくにとっては限りなく二次元に近い存在なのだ。あちらは学生、こちらは講師という立場の相違は多分、あまり関係なく。

にもかかわらず「ナマ中、四つ」と注文するあの声が住吉さんのものだと、なんの迷いもなく認識できたのはなぜだろう……肩越しに座敷席を窺《うかが》ってみたい誘惑をかろうじて、こらえた。カウンターに少し伏せ加減にして、お通しの枝豆と小さくサイコロ状にカットした鯵《あじ》の南蛮漬けをもそもそ口へ運ぶ。意識すればするほど気分は不審者そのもので、よけいに焦る。

「かんぱーい」と住吉さんのご発声とともにジョッキが互いに触れ合う音。生ビールをいっせいに飲み下したとおぼしき気配がそれに続く。「さて、っと。ご主人。今日のお勧め、なんですか」

「そうですねえ」カウンターの向こう側、ぼくの斜め向かいの位置で調理中の六十代くらいの板前さんがいつになく、にやけ顔なのは気のせいか。「焼き穴子と蒸し米茄《べいな》子《す》のサラダ仕立てなんてどうですか。あと、西貝《にしがい》のエスカルゴふうとか」

「よし。あたし、それ両方、お願いしまっす」という住吉さんに続いて、あとの三人も「ヒラメの昆布じめ」「真鯛《まだい》の西京焼き」「ちりめんじゃこと万願寺《まんがんじ》唐辛子のマリネ」「鮑《あわび》とアスパラのバター炒《いた》め」などなど口々にオーダー。

そのなかに明らかに男のものと知れる声がひとり紛れ込んでいて、あれれ、と思う。

先刻住吉さんを先頭に一同が店へ入ってきたとき、ちらりと横眼で窺った限りでは全員が女性だったような気がしたのだが。あ。そういえば住吉さんが仲よくしている学生グループのなかに、超絶的美貌を誇る女装男子がひとり混ざっているとか。学内外でよく「あの美人たちのうちのひとりは実は男です。さて。どのひとでしょう」とまちがい探しクイズのネタに使われる、とか聞いたことがある。そのひとかな？

それにしても板前や女将《おかみ》さんとのやりとりを洩《も》れ聞いていて当初は、住吉さんたち、ずいぶんこの店と懇意にしているようだと思っていたのだが、内容の端々から察するに、どうやら今日が初めて。誰か知人に薦められてのご来店らしい。キャンパスでは有名な、いわゆる良家のお嬢さまで、華やかなハイソサエティ的イメージが先行するせいか、例えばフレンチとかイタリアンとかお洒落《しゃれ》なリストランテやカフェにいるところなら想像しやすいのだが。こういう、どちらかといえば大衆的な居酒屋も利用するとは、なんだか意外である。

いや……いやいやいや。それを意外に感じるのは認識不足もはなはだしかったと、さすがのぼくも学習した。いや、していなければならなかったのだ。昨日の段階で。

やっぱり、このままカウンター席に居座っているのはまずいのではないか……考えれば考えるほど、そんな焦燥感にかられる。注文した料理も飲みかけのビールもこの際、きれいすっぱりと諦め、さっさとここから立ち去ったほうがいい。住吉さんに気づかれてしまう前に。

たとえ住吉さん本人が気づかなくても、いっしょにいるのは多分同じ櫃洗大《ひつあらい》の学生だ。なかには教育学部の子もいるかもしれないので、ぼくの顔を知っていてもおかしくない。三人のうちの誰かがお手洗いに立った折とかに「あれ？　久賀谷《くがや》先生、こんにちは。こんなところで、奇遇ですね」なんて気安く話しかけてこないとも限らない。そんな事態に陥ったが最後、住吉さんだってこちらに着目し、そして不審に思うだろう。ほぼ確実に。

（ん？　あの男のひと、うちの大学の教員だっけ。あれれ。そういえば昨日も石間木《いしまき》のあそこで見かけたけど、なにしてたんだろ。いやもちろん、食事してたんだろうけど、昨日の今日でまた、こんなふうに出喰《でく》わすなんて。偶然かな。いや、同じ市内でなら、そういうこともめずらしくないけど、昨日のお店はあんな、県の辺境は言い過ぎだとしても、知るひとぞ知るような、大学からも遠い、とおいところだったわけで。そこで遭遇したその翌日に、今度は町なかで、って。ちょっとおかしくない？　偶然にしてはなんだか、できすぎのような。あ。ひょっとしてあのひと、あたしたちのこと、こそこそ付け回しているんだったりして。ストーカー？　ストーカーの類いなのかな、あのひと）

たとえ本人は軽い気持ちで発したひとことであったとしても、巷間《こうかん》それは、たちまち既成事実化されてしまう。哀れ、このぼくには変質者認定が下されるのだ。（あ。住吉さん、そう。そうですよ。あのひと、絶対）（こそこそストーキングしているんだ、あたしたちのこと）（だってさあ、三十も過ぎて独身なのはいいとしても、たしかお母さんとふたり暮らしだっていうんでしょ？　もう、それだけで）（き、きもッ）（気持ちわるーい）（ね、ね）（あぶなーい）（変態）などなど……嗚呼《ああ》。

想像上のはずの住吉さんとその取り巻きたちの声音が、映像付きのライヴさながらに迫ってくる。どうかすると実際の声だと錯覚してしまいそうなほど生々しく。ある種の精神感応、いわゆるテレパシーかなにかでぼくの頭のなかで直接響きわたっている……そんな悪夢めいた妄想に搦《から》め捕られている己れに気づき、さすがに苦笑してしまった。

おいおいおい。変なSF映画じゃないんだからさ。変質者だと疑われるのを恐れるあまり、やれこれはテレパシーだのなんだの言い訳のつもりでそんな与太をうっかり口にしたりしたひには、まったく別の意味で危ないやつだと認定されちまうぞ。おちつけ。落ち着けってば。

とはいうものの、実はぼくが超感覚的知覚、いわゆるESPというものの存在を否定していないこともまた事実だ。超能力だと断言するのはいささかフレームアップ気味だとしても、感受性がひと一倍強い、というよりも異質の域に達している人間はたしかにいる。他ならぬこのぼくが、そうだ。正確には、かつてそうだった、と言うべきか。

それは幼児期の記憶の鮮明さと細かさに如実に顕《あらわ》れている。産声を上げたときから始まって、一歳未満の頃の出来事をはっきり憶《おぼ》えている……と、ぼくが主張しても真に受けてくれる向きはまあ、あまりいない。母の実家の近くの川で、祖父に抱かれて手漕《てこ》ぎボートに乗せられたときの情景を詳しく説明しても、それは自分自身の記憶なんかではなく、単に成長後に周囲のおとなたちから聞かされた想《おも》い出話を再編集しているだけだ、と一蹴されるのがオチだ。祖父もろとも転覆したボートから投げ出され、慌てながらも水中で、はしゃいでいたという述懐にしても、すべて後付けの脚色に過ぎない、と。

視覚の記憶のみならず、自分の心の動きまで逐一鮮明に描写するところがどうやら、胡散臭《うさんくさ》さに拍車をかけてしまうようだ。しかしぼくは、ほんとうに憶えている。

やはり一歳になるかならないかの頃、今度は父の実家へ連れてゆかれた。当時はまだストレスという言葉なぞ知らなかったが、舅と姑《しゅうとしゅうとめ》を相手にする母から感じ取れるのはまちがいなく、膨張するばかりのストレスだった。表向きはどれほど愛想よく接していようとも、いや、義父母に対して無難に取り繕えば取り繕うほど母のストレスは肥大してゆく。爆発寸前の危険水域まで。

そこで赤ん坊だったぼくは、どうしたか。盛大に、むずかってみせたのである。自分自身の意思で。

すみませんが、この子も疲れて眠いようなので、そろそろこのへんでおいとましま す、と。母が夫の実家から、うまく避難できる口実に使える。その結果をちゃんと見越したうえで、敢《あ》えて派手に泣いてみせた自分の心の動きを、ぼくはいまでもはっきりと憶えている。そんなふうに、いくら説明してみても誰にも信じてもらえないのは承知しているのだが、ほんとうに、はっきりと。

専門的なことはよく判《わか》らないので、こういう現象をいわゆる超能力として分類するのはまちがっているかもしれないのだが、かつてのぼくはたしかに、ある種の特異な知覚でもって他者の心を読み取っていた。その事実こそが、幼児期の尋常ならざる記憶の鮮明さの、主な原因なのではあるまいか。そんなふうにも思える。

まあいずれにしろこれらはすべて、かつてはそうでした、という昔話に過ぎない。超感覚的知覚とも思える特殊な能力でもってぼくが他者の心情を、まるで映像でも観《み》るかのように鮮やかに読み取れていたのは、せいぜい小学生くらいまで。中学生、高校生と成長するにつれ、それらの感覚は薄れてゆき、いまではごく平凡な、むしろ感性が鈍いくらいのおとなに成り下がっている。それに伴ってなのか、思春期から現在に至るまでの記憶のほうが、幼児期のものよりもなんだか、あやふやだったりするから不思議だ。

　そういうわけで、いま住吉さんとその友人たちによる誹謗《ひぼう》中傷がぼくに聞こえてしまうのは、かつての特殊な知覚でもなんでもなく、純然たる被害妄想に過ぎない。ただ、想像上にもかかわらず住吉さんの声音がどうしてこれほどまでに生々しく、リアリティをもって迫ってくるのか、その理由にはようやく思い至った。先刻入店してきた際の彼女の声を明確に聞き分けられたのも道理。

　なんとなればぼくは、ほんの昨日、石間木市で住吉さんたちに遭遇しているのだ。正確に言えば、現在は石間木市に吸収合併されている、旧宝示途《ほうじと》村で。そのことを、昨日はいろいろあったせいか、すっかり失念していたのだ。

　まずい。これはほんとうに、まずい。よりによって、あんな辺鄙《へんぴ》な廃村に在る食堂で居合わせたそのすぐ翌日に、今日またこうして櫃洗市の繁華街の居酒屋で遭遇してしまう、なんて……もちろん、これは偶然だ。単なる偶然に過ぎない。それはぼくには、よく判っている。しかし住吉さん側は、とてもそう解釈してはくれないのではないか。ぼくの存在が気づかれたが最後、もはやストーキング行為認定は避けられない……のかも。

＊

ここで一旦、時計の針を一昨日にまで巻き戻そう。一昨日の金曜日のことだ。

ぼくは勤め先の国立櫃洗大学の教育学部棟と人文学部棟の中間に在る学食に、ふらりと立ち寄った。お昼どきを外したつもりだったのだが、意外に混んでいる。しかもなぜだか、見渡す限りユニフォーム姿のままのアメフト部や野球部の男子学生たちの群れで占領されている。

セルフで取ったトレイを両手に、空いている椅子を探すのに難儀していたら、隅っこの四人掛けのテーブルに知り合いの顔を見つけた。「先生、こっちです」と掌《てのひら》をひらひらさせているのは院生の瀧下《たきした》くんだ。ぼくが初めて見る、ごつい身体《からだ》つきの青年と向かい合って座っている。

「農学部の徳倉《とくら》です」と紹介されたその男子学生、茶碗《ちゃわん》の中味を掻《か》き回していた箸を止め、「えと」と瀧下くんと彼の隣りに腰を下ろすぼくを交互に見た。

「音楽講師の久賀谷先生。初めて？」

首肯と会釈をひとつの動作にまとめた徳倉くん、箸と茶碗を持ちなおす。

「おれも実は一度も習ったこと、ないけど。大学では、ね」

「へえ？　だったら、なんで」

　短く、そっけない口ぶりはちょっと幼い。というか、世間知らずな感じだ。瀧下くんよりは歳下《としした》だろう。いま前後左右のテーブルで騒々しくも汗臭いイメージを醸している男子学生たちと同様、スポーツ推薦で入学した新入生あたりか。

「どういう関係か、ってこと？　同好の士ってところかな。学生とか教職員とかのつながりじゃなくて、単に趣味が合うものだから仲よくさせてもらって……ん」

　自分の皿に盛られた鯵フライに醤油《しょうゆ》をかけ回すぼくを、まるで咎《とが》めるかのように瀧下くん、「あれ？」と声を上げた。「ひょっとして先生も、同じマイブーム、絶賛開催中なんですか」

「え。なんのこと？」

「こいつ」お行儀悪く、箸の先を徳倉くんへと向ける。「信じられないんですよ。自炊はまったくせず、三度の食事はすべて外食ですませるというやつで、この近辺の定食屋や喫茶店などは、すべて順繰りで制覇しているそうなんだけど」

「男子学生の王道ってところだね。いつの時代にも」

「そういうこと、そういうこと」徳倉くん、にやにや憎まれ口を叩《たた》く。「まあ、しょせんね、瀧下さんのようにね、ときにはご飯もつくってくれる、やさしい歳上の女性と同棲《どうせい》しているような果報者には理解できないでしょうけどね」

ほう。歳上の女性と同棲？　それは知らなかった。なかなか隅に置けないな、と興味をそそられたが、瀧下くんはそこで話を逸《そ》らさせない。

「誰でもそうだけど、毎度まいど同じ店に通っているとメニューのローテーションも自然に定まってくるでしょ。ヘビーローテーションってやつですが、どうしても飽きがくる。どんなに好きなものであってもね。そこで、こいつがどうするかというと、普通は考えつかないような調味料の組み合わせを試して、目先を変えているんですって」

　こんなふうにね、と瀧下くんが指さすほうを見ると徳倉くん、小鉢のポテトサラダに七味唐辛子をたっぷり、かけている。こんなふうにして食べるひとを見るのは、少なくともぼくは初めてだが。

「なるほど。マイブームって、そういう。いや、ぼくは別に冒険しようなんてつもりは全然なくて。昔、祖父が鯵フライや海老《えび》フライに至るまで揚げ物は、なんでも醤油で食べていたんだ。小さい頃は、変なことをするなあと思っていたんだけど。おとなになって試してみたら、けっこう美味《おい》しいと判ったから、ときどきね。といっても醤油じゃなきゃダメだってわけじゃなくて。ウスターソースでもタルタルソースでも、なんでもいけるよ」

「いやいや、先生。フライやコロッケに醤油は、まだ判りますよ。でも、こいつときたらこの前、冷《ひ》や奴《やっこ》に中濃ソースをかけて、喰ってた」

「そりゃあチャレンジャーかも」

「唖然《あぜん》としましたよ」

「あれは存外、悪くない味だった」徳倉くんは、のほほんと食べ続ける。「中濃ソースは万能選手だってことが、よく判りました。餃子《ギョウザ》やトースト、魚の干物までいろいろ試してみたけど、いやあなかなかどうして」

「やめろ。気色悪い」

「ケチャップやマヨネーズ、ポン酢に焼き肉のタレなんかもヴァリエーションは無限ですよ。この世の食材、ひとつひとつ、すべて合わせてみてゆくだけで一生、もつ」

「頼むから、納豆にケチャップを混ぜ込むとか、マヨネーズをあてに牛乳を飲むとか、ホットドッグをポン酢に浸して喰うとか、そういう冒瀆的な狼藉《ろうぜき》は自分ひとりのときだけにしてくれ」

「別にいいんじゃないの」ぼくは醬油味の鯵フライをひとくち、さくっ。「本人が楽しんでやっているのなら、それで」

「先生。そんな無責任に、理解のあるふりなんかしないで。どこかお薦めの店でも、こいつに教えてやってください。文明人にとってのグルメのなんたるかを知らしめてやってくださいよ」

「そんなオーバーな」

「グルメって。ああ、なるほど。瀧下さん、最近やけに喰いものの話ばっかりすると思ったら。先生の影響か。なるほどなるほど。同好の士って、そういう」得心できたのが嬉《うれ》しそうに徳倉くん、身を乗り出してきた。「じゃあひとつ、ご教示くださいよ、先生。とりあえず戸次楼《とつぎろ》村になにか、美味《うま》いものを出す店、ないですか」

「戸次楼村？　なんで戸次楼村なの」

「クリスマス用の七面鳥を飼育している、有名な農家さんがあるんですって？　今度そこに、ゼミの連中と研修に行くことになっているんですよ」ゼミの研修、ということは徳倉くん、新入生ではなく二回生以上ということかな。「せっかく遠出をするんだから、ついでになにか、名物でも押さえておきたいじゃないスか」

「うーん。そうだなあ」ふと今朝の地元新聞の死亡告知欄が脳裡《のうり》に浮かんだ。「戸次楼村じゃないけど、そのすぐ近くの村はどうだろう。もうちょっと北部の、山間部寄りなんだけど。宝示途村って知らないかな」

「ほうじと？　いえ。初めて聞くけど」

「いわゆる限界集落のひとつで。いまはもう実質、廃村になっているのかな。書類上は吸収合併されて、石間木市の一部になっているんだっけ。それはともかく。そこって昔、ぼくの母の実家があってね。子どもの頃は夏休みとかに泊まりがけで、遊びにいってたんだ。そこで祖父に、よく連れていってもらっていたのが〈まるみ食堂〉さんてお店」

「失礼ですけど、限界集落なんでしょ。そんなところで食堂の経営、成り立っているんですか」

「少なくとも当時はまだ、それなりの人口数だったようだし。けっこうお客さんがいたよ。近くの川から、ご主人自ら捕ってくるっていう魚の塩焼きが美味しかった」

「でも、先生が子どものときの話なんですよね。それって、ええと」

「小学校を卒業するまではそこにいたから、最後に行ったのは、もう二十一年も前か。でも村では唯一といってもいい飲食店で、住民たちの寄り合い所みたいな趣きだったから、もしかしたら、いまでも健在かも」

「ぶっちゃけ、わざわざ足を運ぶ価値、ありますか」

「どうだろう。ぼくの個人的な思い入れが強いのはたしかだけど。そうだ。今日、ひさしぶりに行って、たしかめてこようかな。父の通夜に出るついでに」

「お父さまの？　え。通夜……って」瀧下くん、箸を持った手を下ろし、まじまじとぼくを見つめた。「亡くなられたんですか。え。お父さまって、あの、実のお父さま、なんですか？」

「全然実感も湧かなければ、実質も伴わない血縁関係だけどね。それこそ、もう二十年余り、一度も会っていないから。両親が離婚して以来」

「ご両親が離婚して……えと。ちょっと待ってください」困惑の表情で瀧下くん、自分の眉をぽりぽり掻いた。「お父さまのお通夜って、その宝示途村ってところでやるんですよね、お話の流れからすると。ですよね？　でもそこって、お母さまの実家があるところだとかって、さっき言いませんでした？」

「ちょっとややこしい話なんだけど。先《ま》ず大前提として。もともとは母のほうが宝示途村の出身なんだよ。それが櫃洗市に住む父のところへお嫁にきた。まだ十代で」

こんなふうに説明すると、まるで両親の結婚の経緯がお見合いかなにかだったみたいに聞こえるが、ここでわざわざ注釈を入れる必要もあるまい。

「父は市内で歯科医をやっていたから当然、ぼくが生まれた当初は家族三人で、こちらに住んでいたんだが」

「先生が小学校へ上がるのに合わせて、一家で宝示途村のほうへ引っ越した？」

「それが、ちがうんだ。父はもともと宝示途村には縁もゆかりもない人間で、開業直後の独身時代、村の近くの川へ友人たちといっしょに鮎《あゆ》釣りをしにきたのが母と知り合ったきっかけだったらしい」

地元の中学校を卒業後、石間木市の県立高校にかたちばかり入学したものの、問題行動ざんまいで、一週間も保《も》たずに自主退学した母は、寮から追い返された実家でむりやり農作業を手伝わされる日々に、ずいぶん腐っていたという。そこへたまたま鮎釣りにきていた父に眼をつけ、色仕掛けでたらし込み、結婚に持ち込むことで脱出を図ったわけだ。若者にとっての娯楽などなにもない、辺鄙な宝示途村から。

「父は長いこと浮いた噂《うわさ》のひとつもない、浮世離れした性格だったせいか、世間体を気にする親族から、しきりに見合いを勧められていた。とはいえ、結婚できるなら相手は誰でもいいってわけでもないから、当初は母の年齢などを不安視する向きも、かなりいたらしい。結局は周囲も祝福し、受け入れることにはしたようだけど」

詳しく説明せずともぼくの口ぶりからなんとなく、ひと並みに妻帯せざるを得なかった父とうらぶれた村から出ていきたかった母、双方の利害が一致しただけの、愛のない結婚だった、という実態を瀧下くんも徳倉くんも感じ取ったようだ。

「とはいえ、夫婦仲は決して悪くなかったと思うよ。さほど大きな諍《いさか》いがなかったというだけで、特に好《よ》かったとも言えないかもしれないけれど」

その証拠に母は、まとまった時間をつくっては幼いぼくを連れて里帰りしていた。愛のない結婚をしてでも縁を切りたかったはずの宝示途村でさえも、夫との暮らしよりはましだった、ということか。

「ぼくが小学生になると、夏休みや冬休みはもういっぱい、宝示途村の実家に滞在していた。父を独り、こちらに残して」

「お父さまは自分も、そこへ付いていったりはしなかったんですか。まあ歯医者さんなんだから、お忙しかったんでしょうけど」

「母はいつも父に訊《き》いてはいたけどね。たまにはあなたも、いっしょにいらっしゃる？　って。もちろん父がそんな提案に応じっこないと見越したうえでのことさ。一応。かたちばかりの、アリバイづくりのつもりだったんだろう。ところが、あるとき。ぼくが小学校三年生の夏休みだったかな、父が母の里帰りに付いてきたんだ。いったい、どういう気まぐれだったのか。けっこう長く、宝示途村の母の実家に滞在した。そして、すっかり気に入ってしまったんだ、村のことが。正確には、村の自然やその環境が」

「エコにでも目覚めたんですか」

「なんと、村で農家をやりたい、と言い出したんだ。歯科医も辞めて」

「へーえ」

「冗談かと思いきや、ほんとうに。市内のクリニックも畳んで、自宅も処分して。母方の祖父の所有する土地の一部を購入して、移住してしまったんだよ」

「思い切りましたね、それは。さぞかし驚いたでしょう、周囲は」

「もちろん。でも、奥さんには逆らえなかったんだろうな、と変なふうに納得もしていたみたい」

「逆らえなかった？　ああ、そうか。お父さまは妻の意向に屈して、しぶしぶ村へ移住したんだと、かんちがいされたんですね」

「そうなんだよ。そりゃ普通はみんな、そう思うよね。家族総出で妻の実家のある田舎《なか》の村へ引っ込んで農業を始めた、なんて聞いたら。旦那は仕事を辞めてまで奥さんの望みを叶《かな》えてあげたんだろうな、なんて」

「ところが実際は、まったく逆」

「母にしてみれば迷惑な話さ。心外きわまりない。一時的に里帰りするのは別として、もうすっかり宝示途村とは縁を切ったつもりでいたんだからね。言葉は悪いけど、これではいったいなんのために不本意な結婚までしたのか、判らない。でも、父に押し切られてしまった。ぼくも、櫃洗市から村の小学校へと転校を余儀なくされた」

「何歳のときです」

「五年生。しかしそんな強行策、長続きはしない。母だって負けてはいないさ。主婦としての家事を全部背負わされるうえに農作業まで問答無用で手伝わされるなんて、とんでもない。離婚も辞さないと最後通牒《つうちょう》を父に突きつけ、村を逃げ出した。ただ父は当初から、事態を甘く見ていたんだよ。闇雲にぼくを連れて宝示途村から飛び出していったところで母に経済的に自立できる術《すべ》があろうはずはない、いずれは喰うに困って自分のところへ戻ってくる、と。だから、母から叩きつけられた離婚届にも、まさかほんとうに役所に提出はするまいと高を括《くく》り、判子を捺《お》して返す余裕も見せた。ところが」

「どう反撃されたんですか、お母さまは。次のオトコの、いや、再婚相手の当てでもあった、とか？」

「まさにそのとおり。ぼく、小学三年生のときから市内の音楽教室に通って、フルートを習っていたんだけど。そこで講師をしていたひとと」

「フルートって、もしかして吹浦《ふきうら》先生ですか。たしか五年くらい前に亡くなられたと思うけど」

「そうそう。瀧下くん、知ってるの。そうか。フルートも兼任しているんだっけ」

「小さい頃、姉に連れられてリサイタルを聴きにいったこと、あります。え。じゃあ吹浦先生って、久賀谷先生のお継父《とう》さまだった、ってことですか？」

「父に離婚届を叩きつけて別れた後、母はしばらく吹浦先生とは内縁関係だったんだ。理由を改めて訊いたことはないけど、どうも母としては息子を自分の旧姓のままにしておきたかったみたいで。ぼくが成人してから、ようやく籍を入れた。まあ実質的にはぼくが中学生のときから、吹浦先生の扶養家族になっていたわけだけど」

さほど有名でもない三流音大出のぼくが、こうしてまがりなりにも地元の国立大学教育学部音楽科での講師の仕事にありついているのは、他でもない、継父である吹浦要《かなめ》のコネのお蔭《かげ》なのだが、そこまでは敢えて言及しないでおく。どのみち、勘のいい瀧下くんは薄々察しているだろうし。

「ともかく、そんなわけで。ぼくにとって旧宝示途村は本来、母の実家なんだけど。いまやすっかり実父の郷里みたく、なってしまっているんだ。小さい頃は世話になった母方の祖父とも、すっかり疎遠になって。亡くなったとき、ぼくは大学生で。むりに帰省することはないと母が渋るものだから、葬儀にも出なかった。こうして改めて口にしてみると不義理というか、もうちょっと、なんとかならなかったものかと我ながら思うんだけど、当時は祖父と距離をとるのが、むしろ息子としての務めのような感覚だったな。母の心情をおもんぱかって、ね」

「お母さまとしては、自分と別れて村に居ついてしまった元夫もろとも、実の父親とも気持ちが離れてしまった、と」

「同じ敷地内に住み、共同で農業に携わるなど、晩年は実の娘よりもその元夫と家族同然だったわけだからね、祖父は。そんな母に引きずられるかたちでぼくも母方の祖父とも、実の父ともこの二十年余り、すっかり縁が切れた状態で。今朝の新聞の死亡告知欄で岩貞修市《いわさだしゅういち》という名前を見ても、とっさには誰のことか憶《おも》い出せなかったくらいだから、ほんとうは葬儀に行くつもりは全然なかったんだけど。いま思いがけず〈まるみ食堂〉の話をしたせいで、急に懐かしくなった。不義理ばかりしていないで、お通夜くらいは、ちょこっと顔を出してこようかな。ついでに、もしも営業してたら、だけど、ひさしぶりに〈まるみ食堂〉で食事でも」

「でも、お通夜って今日なんでしょ」徳倉くん、さっきからなにやら、ぽちぽちスマホをいじっている。「いまから行っても、店でご飯はむりっぽいですよ」どうやら〈まるみ食堂〉をスマホで検索していたらしい。「営業時間は、ほら、朝の七時から午後三時までとなっている」

徳倉くんの差し出すスマホの画面を覗《のぞ》き込んでみる。利用客の投稿するグルメサイトに内装写真と店舗概要、そして地図などが記載されている。

「ほう。いまもやっているのか。だいぶ改装しているみたいだね。てことは、今日のお通夜ではなくて明日の本葬のほうかな、行くとしたら。がんばって早起きすれば葬儀の前に朝ご飯をいただけるから、暗くなる前に櫃洗へ帰ってこられるし。うん。決めた。そうしよう」

そう言って瀧下くんと徳倉くんと別れたぼくだったが、当初は予定通り通夜のほうへ出るつもりだった。〈まるみ食堂〉にしても、懐かしい気持ちはあれど、どうしても行っておきたいというほどでもない。義理はなるべく簡略に果たすに限ると思っていたのが、帰宅して母の顔を見て考えが変わり、結局この日は旧宝示途村へは行かなかった。

新聞の告知欄によると、喪主は故人修市の姉、岩貞祥子《しょうこ》。ぼくにとっては一応伯母《おば》にあたるわけだが、実際に顔を合わせたことは幼少の頃に、さて一度くらいあったかどうか。母とは犬猿の仲だった女性だ。

弟の結婚が決まったとき、それを阻止するべく親類に怪文書をばら撒《ま》いたりした。曰《いわ》くあの女（母のことだ）は中学校のとき、授業中にまともに教室内に留まっていた日は三年間通じて皆無だったとか、学業が難しいならばせめて仕事に就けと諭す母親に殴る蹴るの家庭内暴力をふるい死期を早めたとか、不特定多数の男と不適切な関係をもって堕胎をくり返したとか、リストカットの常習者だとか、ともかく醜聞また醜聞のオンパレード。ぼくが母本人から聞いた限りでは、堕胎云々《うんぬん》のくだりだけは嘘《うそ》らしいのだが、ほんとうのことだからといって無闇矢鱈《むやみやたら》に暴露していいわけでもあるまい。当然のことながら、父と母の結婚式や披露宴に祥子伯母さんは出席しなかった。しゃしゃり出ていって迷惑行為で妨害する気満々だった本人を周囲が必死で止めた、というのが実情らしいが。

そんな因縁の相手が喪主ときては、ただでさえ父とはもう完全に絶縁しているつもりの母だ、ぼくがお悔やみを述べにいくことに対して、いい顔は絶対にするまい。実力行使で阻止なんて事態にまでは至るまいが、まあ黙っておくに限る。通夜は午後六時からで、車で片道二、三時間は要する宝示途村へ赴くとなると、櫃洗市へ戻ってくるのは早くても十時以降となる公算が高い。関係者への挨拶など、それなりの義理をこなしていたら真夜中を過ぎるかもしれない。教職員や学生たちとの飲み会など、夜間外出の適当な口実をでっち上げるのは簡単だが、なんだかめんどくさい。その点、翌日の土曜日の本葬ならば午前十一時開始だから、骨揚《こつあ》げなどを失礼すれば陽《ひ》が落ちる前までに帰ってこられる。こちらから特になにも申告しなくても、大学で通常業務だったのだろう、と母のほうで勝手に解釈してもらえる。

土曜日。自宅で母といっしょに朝食を摂《と》ったが、父の葬儀のことはまったく話題に上らなかった。新聞の死亡告知欄に気づいていないのか、それとも、ちゃんと把握していながら敢えて無視しているのか。普段と特に変わらない母の様子からは判断がつかなかった。もしかしたら岩貞修市という人物が、かつての夫であり、自分の息子の実父であるという事実自体、すでに忘却の彼方《かなた》へと押しやられているのか。

いずれにしろ、母を無駄に刺戟《しげき》したくはなかったので、フォーマルスーツは着ずに、黒のネクタイだけをこっそり持ち出して、車に乗った。エンジンをかけてからようやく〈まるみ食堂〉のことを憶い出したが、なにがなんでも朝ご飯にこだわる必要もない。葬儀の後で寄ることにしよう。

行楽ではないのがもったいないほどの晴天の下、国道を走り、県東部へと向かう。石間木市から北の山間部へと通じる道に入ると、あとは鮎の放流で有名な、長大な渓流沿いの山道をひたすら上がってゆく。

　やがて山間《やまあい》の、旧宝示途村のエリアに入った。二十年ぶりだからむりもないが、眼前に拡《ひろ》がる風景は記憶とあまり合致しない。葬儀は父の自宅で執り行うとのことで、住所はかつての祖父の家と同じ番地だ。おそらく祖父の死後、家屋土地ともに所有権は父へと移っているものと思われる。

「……ん？」ようやく見覚えのある畦道《あぜみち》に入って、進んでいると、なんだか異様なものが視界に入ってきた。

　白と黒のツートンカラーの車輛《しゃりょう》。パトカーだ。その奥に、かろうじて記憶にその残像を留めている祖父の家の納屋が。そしてすぐ横に、ぼくが初めて見る住居らしき建物があるのだが、なぜかその周囲に、黄色い『立入禁止』の規制線が張り巡らされている。

　車を停《と》め、畦道を歩いた。「……あの、すみません」規制線の近くに佇《たたず》んでいる、制服姿の警官に声をかける。「なにかあったんですか、ここで」

「親族の方？　岩貞さんちの」

「はい。修市さんのご葬儀に……」

「それがね、葬儀はね、中止になりましたんでね」

「え。ちゅ、中止？　そんな。どういうことです、いったい」

「詳しいことはね、ちょっと。いずれ然《しか》るべきところから連絡があると思いますのでね。今日のところはね、うん、これで。すみませんね、はい、どうも」

予定されていた葬儀が中止？　そんなことって、あり得るの？　見たことも、聞いたこともない。

釈然としなかったが、周囲にパトカー以外の車輛や警官以外のひと影は見当たらない。事情を聞き出せそうな、ご近所の知り合いの心当たりもない。とりあえず退散するしか術はなさそうだ。

時計を見ると、予想ほど道路が混んでいなかったせいか、まだ午前十時だ。昼食には早すぎる気がしたが、他に時間潰しの当てもないし、ここまで来てなにもせずに櫃洗市へとんぼがえりというのもつまらない。〈まるみ食堂〉へ行ってみることにした。いくらか使いものになってきた記憶を頼りに車を走らせた。すると川沿いの山道に、比較的新しめのログハウスふうの二階建てが出現する。もちろん初めて見る建物だが、妙に現代ふうの扁額《へんがく》に〈まるみ食堂〉とあった。

『営業中』の立て看板の前の駐車場にはワンボックスカーと軽が停められている。ワンボックスカーの隣りに車を押し込み、玄関のドアを開けてみると、店内は予想以上に賑《にぎ》わっている。ふたつのテーブルを陣どった若い男女七人を接客しているのは、ぼくと同年輩とおぼしき男女ふたり。かつて〈まるみ食堂〉を切り盛りしていたのは年配のご主人とその奥さん、娘さんの三人だったが、どうやら店の新装オープンに合わせて経営者も世代交代したらしい。

　七人グループから少し離れたテーブルへと向かう。といっても、さほど広くない店内のこと、若者たちの会話はどの席にいてもそこそこ聞こえてきそうだ。どうやらみんな櫃洗大の学生のようで、顔見知りがいるかどうかはすぐには判らなかったが、こんな学外でお互いに気を遣っても仕方がない。ぼくは彼らには背中を向け、腰を下ろした。

「いらっしゃいませ、どうぞ」と女性従業員に手渡されたメニューを見ると、窯焼きピザなんて記されている。検索サイトには載っているし、外観もこれだけ変わっているのだから、古い田舎の食堂というイメージは改めなければいけないとは承知しつつも、やっぱり意表を衝《つ》かれる。地物野菜がメインの具材と謳《うた》ってはいるが、川魚が定番だった店でお薦めが、ピザとはねえ。いやはや。ほんの二十年前には、とても考えつかない。時代に合わせた営業努力というやつか。

「ずいぶん変わったなあ、昔とは」思わずそんな呟《つぶや》きが洩れる。もちろん独り言だったのだが、一旦厨房《ちゅうぼう》のほうへ戻りかけていたショートカットにバンダナを巻いた女性従業員、愛想よくこちらの顔を覗き込んでくる。

「あら、お客さん。ひょっとして、こちらのご出……あら？」

同じ「あら」でも最初と最後のそれのトーンの高低のあまりの落差に、思わず顔を上げたぼくと眼が合った彼女、驚いたように口を半開きにしている。

「うそッ、まさか……サダボー？」

サダボーとは、まだ岩貞姓だった頃のぼくの、この界隈《かいわい》限定の通り名だ。そのひとことがたちまち、眼前の化粧けのないボーイッシュな面差しに昔のイメージを被《かぶ》せてくる。

「はるちゃん……あ。じゃなくて、春菜《はるな》さん？　市川《いちかわ》さんちの」

かくかくと機械的に頷《うなず》くものの、はるちゃん、茫然《ぼうぜん》とした面持ちのままだ。まるで幽霊にでも出喰わしたかのような、大袈裟《おおげさ》な困惑ぶりだなあと首を傾《かし》げていたら、実は文字通りだったことがやがて判明する。適当に注文した定食をいただいたり、お茶のおかわりを注《つ》いでもらったりしている合間に彼女と交わしたやりとりは、ざっとこんな感じ。

「……驚いたりして、ごめん。サダボーって、もうとっくに死んだものとばかり、あたしたちみんな、思い込んでいたものだから」

「え。どうして」と訊いたものの、だいたいの事情は予想がついたし、聞いてみると呆《あき》れるくらい、そのまんまだった。

「ご両親が離婚してから、お母さんはサダボーを連れて、ここから完全に出ていっちゃったでしょ。ほんとは久賀谷のおうちが、この村の住民だったのに。途中から移住してきたお父さん、つまり岩貞さんのほうがすっかりこちらに根づくことになって。わざわざ実家の在るこちらへ移ってきてくれたお父さんと別れるだなんて、いったいなにがあったんだろう、って。一時期、村ではみんな、寄るとさわると、その話題で持ちきりだった」

まさか、そんな井戸端会議のネタになっていたとは。二十年目、いや、二十一年目にして知る真実というと大袈裟だが。

「そしたら、離婚の原因というのはどうやら子ども、つまりサダボーがお母さんの不注意かなにかで事故死してしまったことだ、と。えと。お父さんのほうの不注意だったかもしれないけれど。ともかく、サダボーが不慮の死を遂げたことが、夫婦がぎくしゃくしてしまった直接の原因だった、と。少なくともあたしたちは、そんなふうに聞かされていたものだから」

いずれにしろそれは、父の修市が村じゅうに触れ回った、つくりばなしだ。修市が櫃洗市での歯科医の仕事を辞めてまで引っ越してきたのだから、これからは親子三人、祖父といっしょに農業に従事して定住するものと、村の誰しもが期待していたはずだ。それがわずか二年しか保たなかったとなると、住民ならずとも理由を詮索したくなるのが人情だろう。が。

母は離婚も辞さなかった。それほど村を忌避していたのだ。しかし村の住民は、そんなこと、夢にも思わなかっただろう。あれほどしょっちゅう、ぼくを連れて里帰りしていたのだから、むりもない。よっぽど実家は居心地《いごこち》がいいのだろうなと、これは誰だって、そう誤解する。

そもそも母が父と結婚した動機とは、なにはさて措《お》き、宝示途村の実家から離れたい一心だった。なのに肝心の父がその村へ移住してしまっては、もはや婚姻関係を持続させる意欲なぞ消失してしまう。身も蓋もないが、それが現実だったのだ。

宝示途村を終《つい》の住処《すみか》と定めた父にとって、その身も蓋もない現実が巷《ちまた》に周知されてしまうのは好ましくない。沽券《こけん》にかかわる。そこで、息子であるぼくが不慮の死を遂げたことで夫婦の関係に修復不能な溝ができてしまった、という、もっともらしい物語を捏造《ねつぞう》して面目を保とうとしたのだ。

その涙ぐましい努力に、おとなたちがどれだけ騙《だま》されたふりをして付き合ってくれたかはともかく、少なくとも同世代の子どもたちはそのフィクションを鵜呑《うの》みにしていたのだろう。生徒数減少のため当時すでに複式学級だった村の小学校にぼくが転校したのは五年生のときだったが、それ以前から、夏休みの帰省時にはいつもいっしょに遊んでいた、はるちゃんこと市川春菜でさえ、いまのいままで、ぼくの死亡を信じて疑っていなかったくらいだから。

「えー。じゃあいま、どこで、なにをやってるの？」

「櫃洗市で」背後の七人グループの存在を意識して「教員を」と答えるに留める。

「学校の先生なんだ。え。じゃあ、職場の飲み会とか、ないの？　あってもサダボー、ポリシーかなにかで、行かないとか？」

「いや、お誘いがあれば、なるべく断らないようにはしているけど。どうして？」

「あたし、去年まで櫃洗のお店で働いていたんだよ。〈ときひさ〉っていう」

「知ってる。あそこ、じょうずだよね。飲み会のときだけじゃなくて、ひとりでも、たまに行く」

「ほんとにぃ？　えー。あそこにはなんだかんだで五、六年は勤めてたんだけど。サダボーがお客さんで来ていた、なんて。まったく気づかなかった。ほんとに、一度も」

　それはあるいは、子どもの頃に山や川でいっしょに遊んだサダボーなる男の子はすでに死去しているとの思い込みが、はるちゃんの眼を曇らせていたのかもしれない。ともかく、その思い込みが引っくり返されたのがよっぽど衝撃だったのだろう、そもそもぼくがどうして村へやってきたのかの理由の詮索が、だいぶ後回しになってしまった。

「あれれ。てことはもしかして、今日はお父さんのご葬儀のために、こっちへ？」

「そうなんだけど、自宅のほうへ行ったらなぜか、おまわりさんがいて。葬儀は中止になったとか、なんとか……」

「いま、それで大騒ぎなんだよ。実はね、喪主のひとが……」

「祥子伯母さんのこと？　父の姉の」我ながら、なんだか他人行儀だが。「伯母さんが、どうかしたの」

「いま、警察のほうに。どうやら、その、逮捕されちゃったみたいで」

「逮捕。え。って、ど、どういうこと」

「ひとを殺してしまった、とかで。昨日、お通夜の後で……」

念のためにお断りしておくと、はるちゃんはぼくのテーブルに、ずっと張りつきっぱなしだったわけではない。ちゃんと仕事をこなしつつ、その合間を縫って途切れとぎれに交わしたのが、これら一連のやりとりだ。

例の学生グループからは、ひっきりなしに追加オーダーが入る。ときには「すみませーん。ここって営業、三時までですよね」と、はるちゃんを呼び止めたりする。

「はい。一応、午後三時までです」

「夜は営業していないんですか」

「ご予約のお客さまがいらっしゃるときには、開けています」

「だってさ。ま、三時までなんだから、だいじょうぶだよね。だいじょうぶ大丈夫」

からりと底抜けに明るい女性の声。そのひとことに虚を衝かれたかのように、ざわざわしていた学生たちは一瞬、スイッチが切れたみたいに静かになった。「……だいじょうぶ、って。なにが？」

「だから、お店は三時まで開いているんだから」相変わらず屈託のない声音。「それまでには来るでしょ。いくらなんでも」

「そりゃ、まあね」と別の若い娘の声。「ていうか、もしも三時になっても現れなかったりしたら、ちょっとやばいんじゃないの」

「だよね。それまでに、どんだけ飲んでしまうんだ、って」

「いや、ちがうってば。誰もそんな心配、していない。まさか車で事故、なんてことはないよね、って話でしょ」

「途中にガードレールが途切れている道もけっこう、あったし」上品で涼やかに、よく通る女性の声。「ねえ、アオイ、どうなっているの、ラインのほうは。来ていない？」

「さっきからチェックしてるんだが」と、これは男の声。「こっちの伝言も、既読に全然ならない。イクマさんは？　ならない？　ヌレキさんもマワタリさんもですか。うーん。どうしたのかな」

「てことは、あたしたちがもう到着していることも、まだ知らない？　なにやってんのかしら、いったい。自分からここの地図、送ってきて。現地集合、って言っておいて。どういうこと」

「ひょっとして、土曜日は土曜日でも、向こうは来週のつもり、とか」

「んなわけ、ないっしょ。日にちもちゃんと確認したし」

「いま、なにかよっぽど手の離せない状況なんでしょうかね」

「まあまあ、みなの衆。心配ばかりしていても仕方がない。宴は始まったばかりじゃ。お食事をゆっくり楽しみながら、じっくり待とうではありませんか」

どうやら今日のこの会食を招集した幹事役が、まだ合流していないということのようである。「ドライバーのおふた方には、まことにもうしわけない。すみませーん。瓶ビールのおお、もう一本、お願いしまっす」

「おお」って、なんのことかと思ったら「大」か。よく知らないのだが、この場合「だい」ではなく「おお」と読むのが一般的なのだろうか。まあたしかに「大瓶」は「おおびん」で「だいびん」ではないだろうけど。でも「小瓶」のときに「こ」をお願いします、なんて注文の仕方はしないのではないか、とか。あれこれ益体《やくたい》もない疑問が脳裡を駆け巡っていたせいか、ぼくは自重するつもりが、つい背後を肩越しに窺っていた。

七人グループの内訳は、ぱっと見、女子が五人、男子がふたり。実際には女装男子がひとり混ざっていたので四人と三人だったのだが、このときはそんなこと、知る由もない。その四人のなかで、ひと際、明朗闊達《かったつ》な声音の持ち主こそが住吉ユリエだ。

かの〈スミヨシグループ〉のご令嬢としてキャンパスでは有名人なので、顔は以前から知っていた。彼女の声を、まともに聞いたのはこれが初めてだったが、この段階でのぼくは頭のなかで、人物ファイルの整理がまだうまくできていなかった。たったいま聞かされたばかりの「祥子伯母さんが、ひとを殺した」という、はるちゃんのひとことの衝撃で大混乱、それどころではなかったからなのは言うまでもない。

「まだ、なんにも判らないのよ、ほんとに。ただ岩貞の祥子さんがお通夜の後、誰もいなくなってから、いや、誰かいたのかな？　そこらへんからして、いろいろぐっちゃぐちゃなんだけど、とにかく刃物で刺すかどうかしてルリちゃんを殺してしまって、警察に逮捕された、としか」

「ルリちゃん？　ていうと」

「善波《よしなみ》さんちの。ほら。男の子と女の子の双子がいたでしょ、小学校に」

善波という苗字《みょうじ》は憶い出せなかったが、そういえば同じクラスに二卵性双生児の男子児童と女子児童がいた。互いの見た目は、あまり似ていなかったような気がするが。

「そうだ。そういえば、川遊びをしていて、溺れて亡くなった男の子がいたけど……もしかして、その子の？」

と言ってみたものの正直、肝心の善波くんのイメージはまったく浮かんでこない。ただ、ぼくが六年生になった年の春先に川で遊んでいた子どもが、ふたりだったか、それとも三人だったか、ともかく立て続けに水死する事故があって、そのうちのひとりが善波家の双子の兄だったことは憶えている。

より正確を期するならば、子どもにとってこんな危険極まる環境下の辺鄙な村に、自分のたいせつな息子をこれ以上、住まわせてはおけないと、いきりたっている母の姿が強烈に印象に残っているのだ。そんな不幸な事故、父の責任でもなんでもないのに、まるで鬼の首でも獲《と》ったが如《ごと》く激しく、ここを先途とばかりに離婚を迫る形相は、いまでこそ思い返すと滑稽だけれど、当時はホラー映画そこのけに怖かったっけ。

「そう。そうそうそう。善波タイガくん。あたし、五年生だった。その前後にもリュウくんや、メイちゃんが川へ転落する事故が続けてあったものだから、気味が悪かった。子どもだったからむりもないけれど、一時期、この村は呪われているんじゃないかとか、本気で怯《おび》えてたっけ」

リュウくんとかメイちゃんとかと言われても、名前も顔もまったく憶えていない。一年生のときからずっといっしょだったのなら、また話がちがっていたかもしれないけれど、転校組のぼくが村の小学校にいたのは五年生と六年生の二年間だけ。

「五年生？　そうだったっけ。あれは六年生のときだったような気がするけど」

「それでまちがっていないよ。サダボーは、あたしより学年がいっこ、上だから」

あ。そうか。複式学級で、いつも同じ教室で過ごしていたから、うっかりかんちがいしそうになるが、学年はみんな、ばらばらだったんだ。

「善波さんていうのは、そのときは」

「あたしの一学年下だったから、サダボーより、ふたつ下。ルリちゃんも、お兄さんのタイガくんも」

「そのルリちゃんだけど……」フルネームは善波瑠璃子《るりこ》、二十一年前に川で事故死した兄は大雅《たいが》だという。「祥子伯母さんと、なにかあったのかな」

「想像もつかないよ。殺す、だなんて。だいたいお互いに面識があったのかな、あのふたり？　だって、祥子さんが村へ移住してきたとき、善波さん一家は、もうここには住んでいなかったんだし」

「え。移住？　伯母さんが、村へ？」

「そうだよ。知らなかった？」

全然知らなかった。はるちゃんによると、彼女が小学校を卒業し、石間木の市立中学校へ通い始めた頃に、祥子伯母さんは弟を頼るかたちで村へ引っ越してきたという。

「なんでも、それまでは県外で旦那さんと暮らしていたらしいんだけど」つまり、どうやら結婚していたということのようだが、それすら、いま初めて知った。「離婚して、一旦は実家のあった櫃洗市に移ったんだけど。結局そこも引き払って、弟さんの住んでいる宝示途村へやってきた」

父は祥子伯母さんのために、祖父から譲り受けていた土地に家屋を増築し、姉弟で共同生活をしていたのだという。なるほど。ぼくはてっきり、伯母さんは今回、父の葬儀の喪主をつとめるためだけに村に滞在中とばかり思い込んでいたのだが、この二十年間、ずっとここに住居を構えていたのか。

それは判ったが、だとすると、はるちゃんの指摘どおり、変なことになる。「伯母さんがここへ移住してきたとき、瑠璃子さんはもう村には住んでいなかった……のか」

「大雅くんのことがあったからかもしれないけれど、あたしが六年生になる前に、県外の親戚を頼って、一家で引っ越していった、というふうに聞いたわ。ただ小耳に挟んだところによると、少なくともルリちゃんは現在、櫃洗市に住んでいたんじゃないか、って話らしいんだけど」

「どうして彼女の現住所が判ったんだろ。運転免許証かなにか、持っていたのかな」

「そんなところなんじゃないの。仮に祥子さんが離婚後、櫃洗市に住んでいたのが、ルリちゃんが同じ櫃洗市へと住居を移した時期と重なっているというのであれば、ふたりのあいだになにか接点があったことも充分に考えられるんだけど……」

　言ったそばからはるちゃんが首を横に振ってみせるまでもなく、それはまず、あり得ない。もしもはるちゃんの記憶が正しいとしたら、善波家が宝示途村から出ていったのは、二十一年前。祥子伯母さんが村へ移住してきたのはその翌年で、ちょうど入れ替わりになったかたちだ。県外に出ていた善波瑠璃子が櫃洗市へ移り住んだ段階で、祥子伯母さんはもうそこにはいなかったと思われるから、ふたりの人生はずっと、いきちがいのままだったはず。

「これまでずっと、祥子さんがルリちゃんを殺した、という言い方を便宜的にしているけれど、それってもしかしたら逆、なのかもしれないし」

「え。逆？」

「だからね、死んだのはルリちゃんでまちがいないんだけれど、そもそもは彼女のほうが、祥子さんを殺そうとしていたんじゃないか……って」

「ど、どういうことだい、それは」

「ルリちゃんに襲われ、驚いた祥子さん、殺されそうになって、なんとか凶器の刃物を奪おうと必死で抵抗しているうちに誤って……というわけ」

「つまり、正当防衛だと？　いったいどうして、そんな……あ、そうか」

　ようやくはるちゃんが言わんとしているポイントが呑《の》み込める。事件の現場は旧宝示途村の岩貞邸なのである。この事実に着目すると、不自然な点が浮き彫りになる。

仮に伯母さんが殺意をもって犯行に及んだのだとしよう。だとしたら殺害現場は善波瑠璃子が住んでいるという櫃洗市内の住居、もしくはそれに準ずる場所のどこかになるというのが自然な流れだ。しかし実際に事件は、宝示途村で起こっている。

「そうか。なるほどね。そもそも瑠璃子さんはどうして櫃洗市から宝示途村くんだりまで来ていたのか。その目的が重要になるわけだ。まさか、父の葬儀に出席するためだった、なんてことはあるまいし」

「そうなのよ。もしかしたら昔の久賀谷家とは、善波家もそれなりの付き合いがあったかもしれないけれど、岩貞さんとは、ねえ。どうだったんだろ。少なくともルリちゃんが、わざわざこんな遠いところにまで足を運んで修市さんの葬儀へ出なくちゃいけないほどのものだったとは、ちょっと思えない。となると、なぜルリちゃんは村にいたのか。そこが謎……なんだよね」

村へ来ていたのが葬儀のためではなかったのだとしたら、祥子伯母さんを殺害するのが善波瑠璃子の目的だったのではないか、というわけか。しかし仮にそうだったとしたら、ふたりのあいだには……「どういう接点があったんだろう……」

*

昨日の出来事をあれこれ反芻《はんすう》しているうちに、ふと思い当たった。まてよ。そうか。もしやあのとき、住吉さんたちは、ぼくとはるちゃんのやりとりを聞いていたのではあるまいか？　と。

なぜならば、いまぼくがカウンター席でこそこそ背中を丸めているこの居酒屋こそが、あのときに話題に上っていた〈ときひさ〉なのだ。あそこはじょうずだよねと、ぼくが褒めたからなのかどうかはともかく、それを小耳に挟んだ住吉さんたちは店名を憶えていて、今日ここへ寄ってみる気になった。それが板前と女将さんとのやりとりのなかで、知人の薦めでこの店を知った、という意味合いの言葉として顕れたのだ。

「さーてと。次はなにを頼もっかな」楽しそうな住吉さん、昨日とまったくテンションが変わらないなと思っていたら「ん？」と急に眉をひそめたとおぼしき気配。「誰だろ」携帯に着信があったらしい。「あれ。ミヤカワさんだ。なんだろ」

「なにか事件に決まってるでしょ」

え。事件？　って、どういうことだろう。振り返ってみたい衝動をなんとかこらえ、必死に背中で聞き耳を立てる。

「んな、物騒な」

「だって、ミヤカワさんからユリエちゃんに電話がかかってきて、もし事件の話じゃなかったら、なんなのいったい。まさかデートのお誘い？　葬儀屋さんを差し置いて？」

「はい、もしもし」

「あ、ユリエちゃんたら、華麗にスルーなんかしちゃって」

「ええ、そうです。マオちゃんです。あとアトウさんと、トカナシくん。毎度お馴染《なじ》みのメンバーで飲んでます。え。これから？　いいですよもちろん。〈ときひさ〉っていうお店ですけど、場所、判ります？　はい。了解です。では、のちほど」

「ミヤカワさん、こちらへいらっしゃるんですか」昨日も聞いた、上品で涼やかに通る女性の声音。「どうやら事件のようですね、やっぱり」

「ヒミさんも来るの？」

「んにゃ。ミヤカワさんだけ、っぽい口ぶりだった。ヒミさんはヒミさんで、いろいろ忙しいみたい。たいへんだね、いつもいつも。まあ市民の安心安全のため日々粉骨砕身、疲れているからといって、待てしばし、とはいかないのが警察の辛《つら》いところで」

ほどなくして、ぼくと同年輩とおぼしきスーツ姿の男性がひとり、店に入ってきた。さりげなく横眼で窺っていると、まっすぐに住吉さんたちのいる座敷席へと向かう。どうやらこれがミヤカワさんのようだ。話の流れからすると警察関係者なのか。しかし、住吉さんたちとは、どういうつながりなのだろう。住吉さんだけではなく、他の者たちもまるで身内の如く気安い口ぶりなのが、なんだか意味ありげで気になる。

「すまないね、お楽しみのところ。いくつか確認したら、すぐに失礼するから」

「たまには、ゆっくりしましょうよう。ってわけにもいきませんよね」

「きみたち、瀧下澄基《すみき》って人物を知っているかな」

瀧下……え。なんでここでその名前が。

「櫃洗大の学生らしいんだけど。正確には、いま院生か」

「一応知っている……と言っていいのかな。あたしたちはまだ実際に顔を合わせたことはないんだけど、トカナシくんのお友だちなんだよね？」

「いや、おれも、それほど親しいってわけじゃないんですけど」女装男子のものとおぼしき声音。「以前バンドをやっていたとき、チケットのことではたびたびお世話になっていて。その関係で」

「ああ、音楽をやっているんだってね、彼。地元の社会人オーケストラかなにかに所属して」

「ビッグバンドですね。本来はテナーサックス奏者なんだけど、ソプラニーノやフルートなどもかけもちでやっている。瀧下さんが、どうかしたんですか」

「昨日、きみたちといっしょに旧宝示途村にあるレストランへ行くことになっていた、と聞いたんだけど。ほんと？」

「ええ、そうです」

「このメンバーで？」

「プラス、伊熊《いくま》っていう人文学部の女の子と、濡木《ぬれき》、馬渡《まわたり》っていう教育学部と理学部の男子ふたり。伊熊さんはそのビッグバンドの関係者で、濡木くんと馬渡くんは、どちらかが彼女と付き合っているとかいないとか。ともかく普段から瀧下さんと親しいのは、おれたちよりもその三人のほうでして」

「全部で八人で旧宝示途村へ行くことになっていた、と。それって、そもそも瀧下くんから提案があった話なの？」

「そうです。瀧下さん曰く、伊熊さんを誘ったはずが、濡木と馬渡も乗っかってきたから、この際、きみも来ないか、なんなら他の友だちもいっしょに、みたいな感じで」

「で、住吉さんたちにも声をかけた？」

「かけないわけにはいかないでしょ。他のひとはともかく、住吉さんには絶対に。山間の村に、知るひとぞ知る穴場の食堂があるらしい、なんて耳寄りな情報を伏せていたと後でばれたりしたひには、女王さまから、どんなひどい仕打ちを受けるやら」

「おい。こらこら。あたし、そんな趣味はないんですけど」

「グルメの女王さまってことですよ。とにかく、おれが行きたいかどうかって問題じゃないから、住吉さんにはきっちりご報告もうしあげた。そしたら、ふたつ返事で」

「いこう行こうと、あいなったわけです。いやあ、期待にたがわぬ美味しさでした。地物野菜のピザが、さいこう。ビールが止まらない。また瓶ビールがヱビスのおおとは、なんとセンスのいい」

「濡木くんたちにも話を聞いたんだけど、言い出しっぺの瀧下くん、結局、お店には現れなかったんだって？」

「そうなんですよ。お店の地図、スマホで送ってきて。当日は現地集合でよろしく、って言う。でも路線バスは、あるにはあるんだけれど、運行が一日に一本とか二本程度。車で行くしかない。ところが女王さま以下、飲みたいひとばっかりで、さて、どうしましょうか、と困っていたら」

「その伊熊さんと濡木さんという方たちがトカナシくんを通じて、運転してもいいと言ってきてくださったんです。ありがたやありがたや。もう神ですわ、あのおふたりは。ちゃんとお礼しとかないと」

「で、おれたち、二台の車に分乗して、旧宝示途村へ行った。〈まるみ食堂〉っていうお店も無事に見つかったんだけど、肝心の瀧下さんがいっこうに現れない」

「連絡もなかったの？」

「ラインもしばらく、こちらのメッセージが既読にならなかったんで、ひょっとして事故でもあったんじゃないかって心配していたんです。そのうち既読は付いたんで、まあ少なくとも事故なんかではないんだろうなと、とりあえず安心したんだけど。その後も、いっこうに」

「現れなかったのか」

「電話をかけても留守電だし、ラインは既読スルー。そうこうしているうちに閉店時刻になったから、仕方なく帰りました。まあ女王さまはたらふく喰って、たらふく飲んで至極ご満悦だったから、なんの問題もないといや、なかったんですけど」

「けっこう長居したの？」

「長居なんてもんじゃありません。瀧下さんは朝ご飯がお薦めだから九時集合にしようって言ってたのに、住吉さんときたら、いや、せっかく七時開店なんだから、それに間に合わそう、もしも限定品メニューがあったら、誰かに先を越されて食べられなくなるかもしれない、それは絶対にイヤだ、って聞かなくて。いったいどこの誰が先を越すっていうんですか、どこの誰が。そんなひと、この世に住吉さん以外にいませんよ。結局、開店早々に店へ入って。瀧下さんを待ったりしていたら、八時間くらい居座ってしまった。お店のひとたちは、いい迷惑ですよ」

「そのかわり一週間分の売り上げに相当するくらい、たくさん注文したじゃない。あれ、割り勘だったらたいへんだけど、ほとんどユリエさんの奢《おご》りで。会計のとき、お店のひと、びっくりしてたけど、喜んでもいたわよ、アオイ」

「なるほどね」くすくす笑ってミヤカワ氏、立ち上がる気配。「どうもありがとう」

「え。もう終わり？　これって結局、なんのことなのか、教えてもらえないの？」

「いずれそのうち。住吉さんのダーリンにも相談しなきゃいけなくなるかもしれないし。あ。そうそう。もうひとつだけ訊いておきたいんだけど。善波瑠璃子という名前に心当たりはあるかな」

「いいえ」と誰かの短い答えの後、しばらく間が空いた。「学生ですか？」

「みんな、聞き覚えはないいんだね？　判った。じゃあ、また」

＊

どういうことだ、いったい……どういうことなんだ。逃げるようにして〈ときひさ〉を後にしたぼくは、ただただ惑乱していた。

考えなければ。いったいなにがどうなっているのかを見極めなければと、いたずらに焦るものの、どこからどんなふうに考えたものやら、なかなかとっかかりが浮かんでこない。とりあえず……そうだ、とりあえずは、瀧下くんのことだ。

昨日〈まるみ食堂〉での学生グループの会食の音頭をとったのは瀧下くんだった。

にもかかわらず彼は、最後まで店に姿を現さなかった。

なぜか。しばらく付かなかったラインの既読が、やがて付いたと、あの女装男子は言っていた。そこらあたりに、なにかヒントが潜んでいるような気がする。

つまり瀧下くんは、なんらかの事情で彼らに連絡できなかった。もしくは、連絡する意志がなかった。しかしラインを未読のまま放置しておくと、自分がひょっとして車の運転中に事故にでも遭ったのではないかと心配されるかもしれない。その結果、警察に相談でもされたら困る……そんな事情が、なにかあったのではないか？　だから、直接連絡はできなかったが、彼らを安心させるためにラインの既読だけは付けた。そういうことだったのではないか。

その傍証もある。ああやって住吉さんたちのところへ警察関係者が話を聞きにきたではないか。具体的な内容はともかく、瀧下くんがかかわっているのは、かなり深刻な事案なのだろう。なにしろミヤカワというおそらくは私服刑事と思われる男性が、善波瑠璃子の名前を口に出したほどなのだ。祥子伯母さんに殺されたとされる、ルリちゃんの名前を。

祥子伯母さんが善波瑠璃子を殺害したとされる一件に、はたして瀧下くんは、どうかかわっているのか。どういうかたちで？

それに関して、思い当たることがひとつ、ある。一昨日、学食でいっしょになった際、徳倉くんという学生が言っていた、そう、瀧下くんと同棲しているという歳上の女性。その女性こそが善波瑠璃子なのではあるまいか？　ぼくより学年がふたつ下なら、いま三十一歳だから年齢的には合っている。そうだ。きっと、そうにちがいない。が。

ええと。だとしても、いったいどういうことになるんだ。ともかく、判明している事実を整理してみよう。

正当防衛だったかどうかの問題はさて措き、善波瑠璃子は祥子伯母さんの手によって生命を失った。これが先ず、事実その一。

事件発生は一昨日。父の通夜の後だったという。岩貞邸に祥子伯母さん以外の関係者が残っていたかどうか、はるちゃんの話では明確ではないが、多分いなかったのだろう。第三者が同席していなかったからこそ、事件に関する情報が錯綜《さくそう》し、混乱が続いているものと考えられる。

遺体が岩貞邸にあった以上、櫃洗市在住のはずの善波瑠璃子は一昨日に限っては旧宝示途村にいた。これが厳然たる事実その二。

瑠璃子は自分の意志で村へ来ていたのだろうか。では、なぜ？　双子の兄、大雅の死以来、長く離れていた旧宝示途村へ、なぜわざわざ行ったのか。なにが彼女を、そうさせたのか。

仮に、そこに歳下の同棲相手である瀧下くんの存在が絡んでくるとしたら……直接のきっかけとなったのは、他でもない、一昨日、彼が学食でぼくと交わした会話だったのではないのか？　そんなふうに考えられる。〈まるみ食堂〉の話題に触発されたぼくは、当初は行く予定のなかった父の葬儀のために旧宝示途村へ赴くつもりである、と瀧下くんに告げる。そして彼を通じて、その予定は善波瑠璃子にも伝わったのだ。

つまり。

つまり瑠璃子は、ぼくが父の葬儀へ行くと知ったからこそ、自分も旧宝示途村へ向かったのだ。それはいったい、なんのためだったのか。彼女が村へ行ったその結果、なにが起こったか。そこから類推してみると。

仮に善波瑠璃子が死んだのは、祥子伯母さんを殺害しようとして返り討ちに遭ったのだという見立てが的を射ているとしよう。ではなぜ瑠璃子は祥子伯母さんを殺そうとしたのか。いったい、どういう動機で？

はるちゃんが指摘するとおり、善波瑠璃子と祥子伯母さんのあいだに接点は、なにもなかった。おそらく瑠璃子は祥子伯母さんの名前を、新聞の死亡告知欄で喪主として知っただけで、それまで実際に会ったことすらなかったのではあるまいか。では、そんな面識もろくにない相手をどうして殺害しようとしたりしたのか。

瀧下くんを通じてぼくの予定を知ったのがきっかけとなった。それこそがおそらく、すべてのポイントなのだ。同じ犯行に及ぶにしても、ぼくが旧宝示途村へ赴くのにタイミングを合わせなければならなかった。

仮に瑠璃子が伯母さんからの返り討ちには遭わず、予定通りに犯行を為《な》し遂げていたとしよう。どうなっていたか。

前述したように、瑠璃子は通夜の後、他の関係者が誰もいなくなってから犯行に及んだはずだ。そして祥子伯母さんの遺体は現場に放置する。むりに隠したりする必要はない。翌日の本葬にやってきた関係者が、喪主の遺体を発見する。そういう展開を見越していたからだ。

遺体はただ発見されるわけではない。その状況から、被害者が長く疎遠になっていた甥《おい》が怪しいのではないか、そう疑われる。そんな偽装工作なり細工なりを瑠璃子は施しておくつもりだったのではないだろうか。

ぼくに罪をなすりつける計画だったのだ。その思惑があったからこそ、犯行はぼくが村へ赴くタイミングに合わせなければならなかった。換言すれば、瑠璃子にとって殺害する相手は祥子伯母さんでなくても、誰でもよかった。ただ、ぼくという人間に殺人の罪を被せることができさえすれば、それで。

瀧下くんも当然、瑠璃子に協力していたものと思われる。〈まるみ食堂〉での会食に住吉さんたちを誘ったのがその証拠だ。

瀧下くんはぼくが昨日の朝、葬儀の前に〈まるみ食堂〉へ行くと思っていた。ぼくがそうする、と言ったのだから疑う理由はない。だから住吉さんたちに、九時に現地集合と伝えた。朝ご飯に訪れたぼくが彼らと店内で、うまく遭遇するように。

それはなんのためか。昨日の朝、ぼくが旧宝示途村周辺に出没していたという、目撃者を用意するためだったのだ。複数。しかも全員、櫃洗大の学生で固めて。

瀧下くんは最初から知人たちを招集するだけで、自分は〈まるみ食堂〉へは行かないつもりだったはずだ。もしも店内で、ぼくと鉢合わせしたりしたら、その前日の学食でのやりとりと合わせて、なにか作為を嗅ぎとられるかもしれない。瀧下くんと善波瑠璃子との関係をぼくが知るに及べば、自分はなんらかのかたちで嵌《は》められたのではないかと勘づかれる恐れがある、と用心したのだ。

ざっと、こんな感じだったのではあるまいか。善波瑠璃子と瀧下くん、ふたりの計画の具体的な全容は想像をたくましくするしかない。どのみち瑠璃子は失敗してしまった。瀧下くんの口から警察に詳細が語られるのも時間の問題だろう。ただ。

ただ、いちばん重要な問題は残る。それはなぜ、善波瑠璃子はそこまでして、ぼくに殺人の罪を被せたかったのか。その理由だ。

要するに、ぼくを怨《うら》んでいたのだろう。いや、怨んでいることを、すっかり忘れていたはずなのに、憶い出してしまった。

そう。はるちゃんと同様、善波瑠璃子はぼくがとっくの昔に死んだ、と思い込んでいたはずなのだ。父が見栄《みえ》で吹聴《ふいちょう》した嘘八百にまんまと騙されて。

だから水死した兄、大雅の無念を晴らそうにも、もう憎い仇《かたき》は自分の手の届かないところへ行ってしまったのだ、と諦めていた。復讐《ふくしゅう》しようにも、もうどうにもならない。死んでいる人間をどうこうできない、と。

ところが一昨日、同棲している瀧下くんの口から思わぬ事実がもたらされた。なんと、岩貞姓とばかり思っていた、兄の憎い仇が、いまは久賀谷姓で、地元国立大学の講師として堂々と生きている？　と。

鎮火していた復讐の炎は、たちまち燃え上がる。瑠璃子は瞬時にして、瀧下くんの協力のもと、復讐のプランを練り上げた。

もちろん、ひと思いにぼくを殺すことも考えただろう。しかし殺人の濡《ぬ》れ衣《ぎぬ》を着せることこそ、もっとも兄の無念に相応《ふさわ》しい復讐のあり方だと思いなおした。

そう。ぼくは……ぼくは、二十一年前、善波瑠璃子の双子の兄、大雅を殺したのだ。この手で。

川遊びの途中で、彼が誤って水死したかのように装って。そうすれば。

そうすれば母が喜ぶと思ったのだ。同じ小学校に通う子どもが立て続けに事故死すれば、母は勇んで父に離婚を迫れる。こんな危ないところに、たいせつな息子をいつまでもおいておけるものかもうこんな村とは縁を切ってやる……と。

そう。その昔、父の実家で舅と姑相手に居心地悪そうにしていた母が早く辞去できる言い訳を与えるため、激しくむずかってみせた、赤ん坊の頃と同じ感覚で。ぼくは。

ぼくは善波大雅を川で……いや、もしかして彼だけではなく？

リュウくんも、メイちゃんも、ぼくが……ぼくが殺したんだったっけ？

マインド・ファック・キラー

眼球の奥に鈍痛が居座っている。アクセル・ハーシュは眼を開け、周囲を見回してみた。が、自分がいまどこにいるのか、とっさには判《わか》らない。少なくとも櫃洗《ひつあらい》工科大学の学生寮でないことはたしかだ。

ベッドに書物机、安楽椅子と、まるでホテルの客室のような趣き。大きなピクチャアウインドウの向こう側に拡《ひろ》がる高原の景色を見て、アクセルは思い当たった。ここは、あの別荘だ。

ジェイムズ・ノーランがALT、外国語指導助手を務める地元公立高校に通う女子生徒のひとりに紹介してもらったのだ。彼女の家庭教師が櫃洗大学の学生で、その知り合いの親戚が桁外れの大富豪だという。たしか名前はツキヨミでここはその別荘だが、アクセルは個人的に面識はない。ただジェイムズの伝《つて》でここを貸してもらっただけで。

いまいるのはその別荘の二階にある客間のひとつだ。小百合《さゆり》といっしょにあてがわれた部屋で、ピクチャアウインドウ越しに見える駐車場にはアクセルのセダンがある。

それは判ったが、どうしてこんなところにいるんだっけ。外は明るいようだが、いま何時頃なんだ……記憶をたぐり寄せながらアクセルは腕時計を見ようとした。そこでようやく気がついた。

腕が動かない。腕だけではなく、脚も動かない。全身の自由が利かない。腰掛けた恰好《かっこう》で椅子にロープで縛りつけられているのだ。しかもブリーフすら着けていない全裸で。

肘掛けに括《くく》りつけられている腕のほうへ首を捩《ね》じろうとしたら再び激しい頭痛に見舞われた。頭を動かしたせいなのか、誰かが脳髄に指を突っ込んで攪拌《かくはん》しているかのような嘔吐感《おうとかん》が胸を搔《か》き毟《むし》る。

なんだこれは……この経験したことのない頭痛と吐き気はもしかして、睡眠薬かなにかを一服盛られたのか。そして意識を失っているあいだに、こうして椅子に縛りつけられてしまった？　どうやらそのようだが、自分だけなのか、こんなことをされているのは。同行しているジェイムズ・ノーランは？　ブルース・ホランドは？　もしかしたら女性たちも？　みんな他の客間で、自分と同じように監禁されているのだろうか。

なんとか縛《いまし》めをほどこうと身をよじるが、びくともしない。ロープが皮膚に容赦なく喰《く》い込んでくるだけだ。為《な》す術《すべ》もなく「へーイッ」頭痛をこらえながら「誰かいないかッ」と大声を上げた。日本語と英語、交互に試してみる。

「誰かいないのかよ、くそッ」がたがた木製の椅子が軋《きし》んだ。「なんの真似《まね》だこれは、いったい。おい。おいったら」

ロープが少しでも緩まないものかと闇雲に暴れていたら椅子が空中に跳ね上がる。傾いてそのまま横倒しになった。受け身がとれるはずもなく、頭を床にしたたか打ちつける羽目になった。視界が一瞬ブラックアウトし、意識が遠のきそうになる。

安手のアクション映画ならばここで椅子がばらばらに壊れ、無事に脱出成功となるべきシーンだが、現実はそうはいかない。相も変わらず、がっしり固定されたままのアクセルにできるのは手足の指での独りジャンケンくらいのもの。

「だ、誰か、くそおッ、おおい、誰かあああッ」カーペットを文字通り舐《な》めながら必死で声を絞り出した。「誰か来てくれ。なんとかしてくれえぇッ」

うっかり埃《ほこり》を吸い、咳《せ》き込んだアクセルの鼻面を蹴り上げそうな至近距離に、ずいっと白いスニーカーが現れた。「お、おい?」首を捩じって見上げると、白いスウェットの上下姿の長身の女が立っていた。

「お目覚め?」流れるようなプラチナブロンドの髪を掻き上げ、英語でアクセルに微笑《ほほえ》みかけてくる。「やれやれ。こんな、ヒステリーを起こしたみたいに暴れちゃって」と背凭《せもた》れに手をかけ、アクセルを椅子ごと引っ張り起こした。「あんまりよけいな手間をかけさせないでちょうだい」

「み……ミランダ？」櫃洗大修士課程の留学生、ミランダ・スレイドの顔をアクセルはまじまじと凝視した。「え。ど、どうして。どうしてきみがここに？」いや、元留学生と呼ぶべきかと思い当たる。「ここでなにをしているんだ。たしかきみ、大学を辞めて自国へ帰ったはずじゃ……」

ミランダは答えず、アクセルを仰向《あおむ》けの姿勢で斜めに傾けた。そのままカーペットをごりごり削りながら窓際へと椅子ごと彼を引きずってゆく。

「な、なんだ？　おい、ミランダ。どういうことなんだこれは？　なんのつもりなんだ、きみは？」

窓のほうを向かされた途端、鼻先に閃光《せんこう》が走り、アクセルは口を噤《つぐ》んだ。「静かにして。ほら」ミランダはサバイバルナイフの切っ先でアクセルの頤《おとがい》を持ち上げた。「見なさい、あれを」

ピクチャアウインドウ越しに見えるのは駐車場に停《と》められたアクセルのセダンだ。先刻は死角に入っていたが、スペースを二台分空けてもう一台、停められている。ブルースのワンボックスカーだ。

「……ん？」喉に当てられたサバイバルナイフに注意しながらアクセルは前のめりに眼を凝らした。セダンとワンボックスカーは、よく見ると空っぽではない。それぞれの助手席に女とおぼしきひと影が見える。

ブルースのワンボックスカーのほうは後部座席にもなにかがある。人間なのか、物なのか、うまく識別できないが、仮にこれも女なのだとしたら三人が三人とも、ぴくりとも動かないのはなぜか。もしかして、やはり薬かなにかで眠らされているのか？先刻までのアクセルのように？

「よくご覧」ミランダは刃先を、ぐいと押し上げた。「アイヴォリィフィーバーの糞《くそ》ビッチどもの顔、見える？」

アイヴォリィフィーバーとは少なくともアクセルは初めて聞いたが、ミランダの造語なのだろうか。アジア人女性フェチの欧米人男性を意味するイエローフィーバーに倣って、白人男性狙いの日本人女性というほどの意味かと思われる。

「ほらご覧。あなたとブルースの車に乗っているのは誰と誰？」

さらに眼を凝らしてみるが、顔まではよく見分けられない。髪形からしてセダンのほうは小百合で、ワンボックスカーのほうは美紀子《みきこ》？　この別荘へ来ている面子《メンツ》なら、そうなる。他に考えられない。

「こうすればどう」とミランダはなにかをアクセルの顔面へ持ってきた。双眼鏡だ。促されるまま覗《のぞ》いてみる。

セダンの助手席には小百合が、そしてワンボックスカーのほうには美紀子らしき女がいた。らしきというのは、ワンボックスカーの助手席のほうのひと影は顔の下半分が汚れたマスクでもしているみたいに黒ずんでおり、断定できないからだが、髪形からしておそらく美紀子だろうと思われる。ふたりとも眼を閉じ、ぐったりしている。

「だから？」おそるおそる上眼遣いにミランダの様子を窺《うかが》った。「彼女たちがどうしたと言うんだ？」

ミランダはアクセルの眼の高さになにかを掲げてみせた。ビニール袋。なかに入っているのは人間の耳のように見えるものだ。ルビー色のハート形のピアスが付いている。アクセルには見覚えがあった。小百合のお気に入りで、いつも着けている……

「え？」

もしかしてこれは本物の耳？　輪郭の片側が赤黒いのは、まさか実際に切り取ってきたからなのか？　いまセダンのなかにいる小百合から？　そういえば……アクセルは再び双眼鏡を覗いた。

先刻から同じ姿勢で、ぴくりとも動かない小百合。おまけに紙のような色の顔面は硬直し、まるで人形のようだ。まさか彼女はもう……双眼鏡を顔から外されてもアクセルは駐車場の車から眼を離せない。

「あたしのこれ」とミランダはスウェットの上着の生地を指さした。「真っ白でしょ。なぜだと思う？」答えを待たずに続けた。「着替えたからよ。一着目は糞ビッチどもを切り裂いた返り血でぐちゃぐちゃで使いものにならなくなったから」

酸素不足に喘《あえ》ぐ金魚のような面持ちのアクセルに、にたりと微笑みかけた。「このナイフも実は二本目なのよね。最初のはもう使えない。ふたり分の血と脂をたっぷり吸って、なまくらになっちまったから」

生耳入りのビニール袋と双眼鏡を引っ込めたミランダはスマートフォンを取り出した。画面をアクセルの鼻先に向けて動画を再生する。いきなり響いてきたのはガラスを何枚も同時に引っかいているような、とても人間のものとは思えないほど甲高い悲鳴だ。画面のなかで顔じゅうを口にして叫んでいるのが小百合であることをアクセルが認識するのにずいぶん時間がかかった。

「安心なさい」小百合が耳を切り落とされているシーンをむりやり観《み》せられ、逆流した胃液が大量に口のなかに溢《あふ》れるアクセルを今度はにこりともせずに冷たく見下ろす。「この後は彼女の心臓をひと突きで、楽にしてあげたから。慈悲深いでしょ。なんならそれの動画も観る？」

やめてくれ、と哀願したつもりが、アクセルの口から出たのはしゃっくりのような間の抜けた破裂音だけ。

「さてさて、っと」ミランダはスマートフォンを引っ込め、サバイバルナイフを持ちなおした。「これ、なーんだ？」

彼女がもう一方の手で差し出したのは文庫本のようなサイズと形状の黒い箱だ。赤、黄色、緑、白、紫と五色のキャラメルみたいなボタンが五つ、整然と並んでいる。

「なにって、なにかの……な、なにかのリモコンみたい、だけど」

「大当たり。赤があなたの車で、黄色がブルースの。あとの三つはこの別荘の分」

「赤がおれの車？」

「この赤いボタンを押すと、あなたのセダンのなかに置いてきたものにスイッチが入って電気が流れる。そういう仕掛け」

「なにがあるんだ、車のなかに」

「ダイナマイト」

「……はあ？」

「小百合の屍《しかばね》をあのまま曝《さら》しておくのも可哀相《かわいそう》でしょ。埋葬しやすいよう、ばらばらに吹っ飛ばしてあげようってわけ」

「み、ミランダ、きみは、き、きみはッどうした、どうしたんだいったい」

「どうか神さま、これが大がかりなプラクティカル・ジョークでありますように、とお祈りでもする？」と言い終わらないうちにミランダは赤いボタンを押した。視界にストップモーションがかかったかのような錯覚に囚《とら》われた刹那……どんッ。

腹腔《ふくこう》に鉛の塊りが直接落ちたみたいな衝撃とともに大音響が轟《とどろ》いた。爆風に窓ガラスが砕け散りそうなほどびりびり震える。

思わず閉じた眼を、すぐ開けた。火柱が立っている。アクセルのセダンが停められていたところだ。

高速で次々に空気が注入されてゆく無数の風船さながら、黒煙が後からあとから噴き上がってくる。それらの隙間から、まるで巨大な生物の内臓粘膜が剝《む》き出しになったかのようなオレンジ色の炎が溢れる。

紙切れのようなものが空中に舞い上がっていた。ひらひらと千切れた鳥の羽根よろしく地上に落下する。吹き飛ばされたアクセルのセダンのボンネットだ。その残骸が、いつ果てるともなく燃え続ける。

＊

二台の車に分乗した男三人、女三人の六人組は一旦国道沿いにある古ぼけたレストランに寄ることにした。行程はまだ半分も消化していないが、山道に入ってしまう前に用を足しておいたほうがいいとのブルースの提案だった。

店内を通らずに直接出入りできるトイレからひと足先に駐車場へ出たアクセルは空を仰いだ。無造作に千切った綿みたいな雲がひらひら流れているが、まずまず快晴と言っていい天気だ。今年は冷夏だとかで、例年に比べると気温も落ち着いていて凌《しの》ぎやすい。

が、この分だと目的地の時里高原《ときさと》では半袖のシャツだけでは肌寒いかもしれない。上着を持ってくれればよかったかなとアクセルが思っていると、キュロット姿の小百合がトイレから戻ってきた。ツインテールの髪に白いキャペリンを被《かぶ》った童顔はいつものルビー色のハート形のピアスも相俟《あいま》ってティーンエイジャーにしか見えないが、もちろん実年齢を詮索するほど彼も野暮ではない。

「えーと、何者なんだ、その」馬鹿げた企《たくら》みを小百合に思い留《とど》まらせるつもりが結局、どう切り出したものか判らず、アクセルは口にガムを放り込んだ。「これから行く別荘の持ち主っていうのは」

「知らなーい。名前は、なんだっけ」小百合の英語は典型的な日本人アクセントだ。「ツキヨミ？　詳しいことはジェイムズに訊《き》いてよ。彼のお友だちなんでしょ」

「いや、友だちってわけじゃないだろ。直接会ったことはないって話だし」

そう話しているところへ当のジェイムズがやってきた。窮屈そうなTシャツやダメージジーンズのハーフパンツ、ビーチサンダルなど筋肉隆々の体軀《たいく》を誇示するいつもの恰好だ。典型的なアングロサクソン系の甘めのマスクも相俟ってマーヴェルコミックに登場するヒーローキャラクター並みに目立つ。

「で、何者なんだ？」ガムをかみ嚙《か》み、アクセルは訊いた。「これから行く別荘の持ち主って」

「はん？　言っただろ」ジェイムズは大きなあくびを洩《も》らした。「栞里《しおり》ちゃんに紹介してもらったひとだ、って」

教え子の女子生徒のことをジェイムズは必ず、誰それちゃんと呼ぶ。その「ちゃん」の部分を「ちゃーん」と伸ばす彼の癖が日本人の耳にはひどく軽薄に聞こえるらしい。

「ああ、シオリンね」小百合はまるで長年の知己のような口ぶりだ。「ジェイムズの熱烈なファンのひとりだという。ほんと、悪い男だこと、いつもながら。純真な乙女《おとめ》心を弄んで。好意に付け込めるだけ付け込んで利用しておきながら、まだ一度も抱いてあげていないんでしょ？」

「ヘイヘイヘェイ。もしも女子高生に手を出したりしたらどうなるかくらい、おれだってようく知ってますよ」

「だよね。手が後ろに回って、せっかくのALTのぼろい収入《イージーマニィ》もパアに」

「どこがぼろい《ファック・ザ・イージーマニィ》んだよ。そういや日本人の女の子ってどうしてああもなにも考えていないっていうか、どいつもこいつもお馬鹿さんなのかね。ふたことめには先生ってお給料いいんでしょ、とくる。おれがイギリスで幾ら稼いでいたか知ってんのかしら。辺鄙《へんぴ》な学校でいくら子守にいそしんだところで、その金額の半分にも届きゃしないってのにさ」

　ジェイムズはイギリスで各種保険給付額を算定する民間調査会社に勤めていたらしい。なかなかのエリートなのだが、それがなぜ三十歳にもならない若さで仕事を辞めて日本、しかも櫃洗などという田舎《いなか》くんだりまでやってきて、公立高校の外国語指導助手になったのかは謎だ。なんでも学生時代に付き合っていた女性が日本人留学生で、卒業後に彼女を追いかけてきた挙げ句に手痛くフラれたという説もあるが、ジェイムズ本人はもちろん否定している。

「おれはただシオリチャーンに、こう言っただけなんだ。たまには静かな避暑地とかでのんびりしてみたいな、と。そしたら自分に当てがある、高原のすてきな別荘を貸してもらえるかもしれないから訊いてみてもらう、って。こうきちゃう。こちらは別に頼んだわけでもないのに、だぜ？」

「別に頼んだわけでもないのに」はジェイムズお得意の決め科白《ぜりふ》だ。ただでさえ白人男性に弱い日本人女性たちは鍛えられたマッチョタイプで映画スターばりにハンサムなおれさまにもうめろめろなのさ、というわけ。街なかを歩けば、なにをせずともこの金髪碧眼《へきがん》に彼女たちの眼は吸い寄せられる。「おれってつまり電飾みたいなものさ」とジェイムズはかたちばかり自虐してみせながら、常に新しい日本人女性を周囲に侍《はべ》らせる。「別に頼んでもいない」のに、なぜか彼女たちはジェイムズの遊興費や生活乗用車を持っていない彼のためにときに長距離も厭《いと》わず足を提供してくれる、のだそうだ。召使さながらだが、ジェイムズに言わせれば彼女たちにペット扱いされているのは自分のほうだということになる。

「日本人の女ってさ、おつむが足りないっていうか、教養がないんだよな。相手の人格を見極める知性がない。要するに、おれのこの見てくれと身体《からだ》だけが目当てなんだから」と嘯《うそぶ》きつつ、しっかりと据え膳は喰いまくる。そんな彼もさすがに勤務先の未成年の少女たちには手を出してはいないだろう。本人はそう申告しているし、人間としての最後の一線を信じたいところだ。

「シオリンの親戚かなにかなの？」その日本人女性のひとりでありながら自分は例外だという揺るぎなき思い込みでもあるのか、ジェイムズのいつもの毒舌批評にも小百合は涼しい表情。「別荘の持ち主って」

「じゃなくて彼女の家庭教師が大学生で、その友だちが、えと、ヨシズミ？　じゃなくてスミヨシとか言ったかな」

「え。住吉って、もしかして〈スミヨシ〉グループの？」小百合は眼を丸くした。

「ひょっとしてその関係者？」

「じゃないのかな。有名人なの？」

「ゆうめいも有名。うちのライバル会社もたしかグループ関連企業の傘下に入っているはず」未確認だが、小百合は某家電量販店でパート勤めをしているという話だ。「その親戚？　じゃあ大金持ちだ、まちがいなく。別荘のひとつやふたつ、余裕でしょ」

「まあなんでもいいよ、所有者が何者であろうと。おれには関係ない。せいぜい楽しませてもらえれば」

「誰があなたを？　どんなふうに楽しませられるんですって？」

いつの間に戻ってきたのか、そこへ美紀子が割って入ってきた。陽傘《ひがさ》に丸襟オフショルダーのタイトワンピースから伸びる腕を包むアームカバー、大きなフレームのサングラスなどのいでたちが陽焼《ひや》け防止対策というよりなにやら不審人物のムードが色濃い。下がり気味の口角も一見陰鬱だが、外したサングラスの背後から現れる高圧的な瞳は本来の日本人離れした美貌を強調する。

仏頂面のまま美紀子は、しかし露骨な独占欲を滲《にじ》ませ、ジェイムズにキスした。「オゥボォイ、シイラヴスミィソゥオオマッチ、ハァン？」とジェイムズは芝居がかった所作で肩を竦《すく》めてみせる。通常ならば照れ隠しにも映るだろうが、これもまた「別に頼んだわけでもない」のに熱烈に愛されてしまうおれアピールなわけだ。そんなお気楽なジェイムズは、さきほどの美紀子の軽口を装ったひとことに、いつになく激越な猜疑心《さいぎしん》と嫉妬が籠もっていることにも全然気づいていない。

もちろん自分はどうやって小百合を説得したものかと出発したときから頭を悩ませているアクセルには、ジェイムズのことを心配してやる余裕なぞない。そうこうしているうちにブルースと真弓《まゆみ》も駐車場へ戻ってくる。が、ふたりはアクセルたちのほうへ揃《そろ》って手を振って寄越しただけで、すぐにブルースのワンボックスカーに乗り込んだ。

エスニックな柄のバンダナを巻いた真弓は女性陣のなかでひとりだけすっぴんなこともあり、最年少のはずなのに、ひどく老けて見える。それが今日は普段にも増して、ことさらに地味なイメージを強調したがっているような印象をアクセルは受けた。そしてそんな彼女との親密ぶりをブルースもアピールしたがっているご様子。

「んじゃ、おれたちも出発しようよ」とジェイムズはさっさとアクセルのセダンのドアを開け、美紀子の背を押すようにして後部座席に乗り込んだ。

そういえば……とアクセルは運転席に座りながら首を傾《かし》げた。真弓は先々月に日本人男性と籍を入れたばかりのはずだ。彼女の夫のことはなにも知らないが、新婚ほやほやの新妻の交友関係をどの程度把握し、どの程度理解している男なのだろう。他人ごとながら少し気になる。

それは小百合も同じだったようで、発車した途端、助手席から話しかけてきた。

「やっぱり人妻となるといっそう燃えるのかな。ブルースったらここぞとばかりにマユたんにロックオンだね」

「なんだって？　マユたん？　って、彼女がなんでマユたんなの」

「だって真弓だから。マユたん。ミキちゃんはミッキーなんだし」

栞里がシオリンで、真弓はマユたん。語感はたしかに可愛《かわい》くなくもないのだが。日本人の愛称のセンスはどうもいまいちよく判らない。美紀子だってミッキーなんかじゃなくて、いま小百合本人が呼んだようにシンプルにミキちゃんでいいんじゃないの？

「ほら、あたしもハッシーだし」

小百合はどうやら旧姓が橋本《はしもと》というらしい。だから、ハッシーと呼んでもらえると嬉《うれ》しいと本人は言うのだが。

「小百合は小百合でいいじゃないか。めんどくさい」

「やあだ。ハッシーがいいよ。ね。アクセルとお揃いみたいで」

小百合の耳にはアクセルのファミリーネームがハッシーに聞こえるらしい。ハーシユとハッシーは全然ちがうといくら指摘しても馬耳東風。仮に一歩譲って響きが似ているのだとしても、そのどこがそれほど嬉しいのやら、さっぱり理解不能だ。

「あらら。ほらほら」小百合は囁《ささや》き声でアクセルの膝を撫《な》でた。「着くまで待ちきれないんだね。もう始めちゃってる」

バックミラーで確認するまでもなく、後部座席でジェイムズと美紀子が互いの身体をまさぐり合う気配がびんびんとサラウンドスピーカー並みに伝わってくる。

人妻といえば美紀子だって結婚しているはずだ。なぜか彼女が頑《かたく》なに苗字《みょうじ》を明かさないので夫の素性は不明なのだが、語学研修という口実でしょっちゅう海外渡航している美紀子になにも文句を言わないやつらしい。よっぽど放任主義なのか、それとも単に諦めているだけなのか。

「あっちの車でもマユたん、やってあげてるのかな、ブルースに」

「洒落《しゃれ》にならないよ、運転中に」

「そだね。山道では、ちょっとね。ブロウジョブをしてあげるのはいいけれど、それで頭がブロウしちゃって崖から落下して、みんないっぺんにブロウアップしたりしたら、はいさよなら、なんだから、いい子にしていなきゃね。あなたもあたしも」

アクセントや単語の選択、語順などがたどたどしいが小百合は要するに、お望みならばいまここでアクセルにフェラチオしてあげてもいいんだけれど、それで彼の気が散って運転を誤り、ガードレールを越えて転落事故でも起こしたりしたらたいへんだからここは我慢してねとかなんとか、ざっとそういった軽口を叩《たた》きたいらしい。

そして彼女は明らかに、その類いの艶笑系の際どいやりとりをまがりなりにも英語でできる自分に酔い痴《し》れている。もちろんシモネタでもなんでも英会話能力がアップするのはいいことだ。そもそもそれが本来の自分たちの交流の目的のはずなのだから。

アクセルたち六人は、英会話を習いたい日本人と日本語を勉強したい外国人をランゲージパートナーとして世界各地で引き合わせるスマートフォンのマッチングアプリを介して知り合った。もちろん知己を得たその先にある目的にはそれぞれ温度差がある。純粋に語学勉強をしたい者たちはパートナーが海外在住であろうとSNSでコミュニケーションを図るし、近場で直接会える場合は文化交流イベントなどを通じて各種コミュニティを形成する。

地元で直接交流組のなかでもマッチングアプリを態《てい》のいい出会い系サイトとして利用する向きは、真面目《まじめ》に語学力向上を目指すグループからは自然淘汰《とうた》されるかたちで別の派閥を構成する。アクセルたちのように、互いに利害の一致する男と女だけの面子で。

そのなかでマユたんこと真弓は比較的、浮いた存在のメンバーだ。アクセルが知る限りでは彼女はまだこのグループ内の誰ともセックスをしていない。たまたま機会を逸しているのか、それとも最初からその気がないのか、どうもよく判らない。新婚ほやほやにもかかわらず今回の泊まりがけのパーティーにも参加するくらいだ、みんなとは適度に距離を保って楽しくやりたいという気持ちがあるのはたしかだろうが。

そんな真弓にブルースはいま夢中だ。のぼせ上がっている。彼女が人妻だという事実もちろん関係ない。それを言うならブルースだって妻帯者だ。詳しくは知らないが、やはりマッチングアプリを介して知り合って結婚した日本人妻といっしょに櫃洗の市街地でカフェかなにかを経営しているそうだ。子どももいるという話で、通常ならば家族と家業に常時束縛されていそうな男が今日はどんな口実をつけて自分の車を持ち出し、泊まりがけのパーティーへの参加に漕《こ》ぎ着けたのか。詳細はどうでもいいが、それだけブルースは真弓にぞっこんだということだ。

気楽に遊ぶ感覚を放念していそうなのがアクセルには気になる。首尾よく真弓とことに及べればそれでいいが、もしも彼女に拒絶されてしまったら？　ブルースは本来温厚なナイスガイだが、一般的にも女におあずけを喰らわされた男がどういう反応を示すのかは判らない。なにかめんどうなトラブルにならなきゃいいが……アクセルが心配しているのはそのことだ。もしも今夜、周囲を巻き込むような規模の揉《も》めごとが起こったりしたら……まさか警察沙汰にまではそうそう発展しないだろうが、ちょうどそのとき別荘にいるはずの小百合の姿がどこにも見当たらない、なんて事実が露見したりしたらまずい。非常にまずいのだ。

そんなアクセルの胸中も露知らず「ブルースは今日がチャンスだよね」と当の小百合は呑気《のんき》なものだ。

「どういうこと？」

「小耳に挟んだところによると、マユたんの旦那、どうやら早くも浮気心をざわつかせてるみたい、なんだよね」

「へえぇ。ほんとの話なのそれ？」

「知らないけどさ。なんでもその相手の女というのがブロンドで」ほんの一瞬だけ口もとに浮かぶ小馬鹿にしたような嗤《わら》い方が普段の愛らしさとのギャップゆえに思わず眼を背けたくなるほど醜悪に映る。「男って好きだよね、金髪が。マユたんの旦那さんて、あたしも実際に会ったことはないけど、彼女のお父さんのお仕事仲間だっけ。もともと家族ぐるみの付き合いで誠実そうなイメージだけど、しょせん男は男だもんね。でもマユたんにしてみれば、そんなふうに簡単には割り切れないでしょ。心穏やかじゃないところへもってきて、今日のこのパーティーだから、そっちがその気ならあたしだって、と旦那への対抗心を燃やしてるかも」

なるほど。そんなものかもしれない。それにしても今回のメンバーのなかで独身者はジェイムズだけであることに改めて思い当たり、アクセルは複雑な気持ちになった。意外といえば意外。納得といえば納得だが。

自分が郷里に妻を残して櫃洗工科大学に留学していることを、これまでアクセルはずっと秘密にしてきた。家族構成を訊かれたら敢《あ》えて両親と兄弟の名前しか挙げない。だから周囲の者たちはみんな、自分が独身だと信じて疑っていないものとばかり思い込んでいたのだが……それがまさか。

それがまさか小百合に知られていた、なんて。よりによって彼女に弱みを握られる羽目になるとは、考え得る限り最悪の事態だ。きちっと自分の言うとおりにすれば悪いようにはしない、と小百合は安請け合いするが、はたして当てになるのか。それとも。

不安をかかえて運転するアクセルの眼に、やがて別荘のものとおぼしき建物が見えてきた。朝早く出発したので、まだ午前十時前。クマザサが生い茂る草原を、舗装されていない道が左右に二分割している。

*

鉛のように重い目蓋をブルースはようやく開けた。どうやら眠り込んでいたようだ。己れの現状をすぐには把握できない。いま見たばかりの夢がまず甦《よみがえ》ってくる。ブルースはなぜか火山の夢を見ていたのだ。フジヤマかなにか、とにかく大きな山が噴火して溶岩が溢れ、市街地を呑《の》み込んでゆく。やがてブルース自身もそれに巻き込まれてゆく。そんな生まれて初めて見るパターンの夢だった。火山や溶岩などドキュメンタリー映像でしか観たことがないし、実際の噴火の現場に居合わせた経験もない。にもかかわらず、爆発音も被災するひとびとの怒号や絶叫も妙に生々しかった。

倦怠感《けんたいかん》で全身が重い。変な夢を見たせいか。それともこの倦怠感のせいで変な夢を見たのか。目覚めてすぐにブルースは自分が全裸で座ったまま手足を椅子に括りつけられている状況を認識してはいたものの、頭は霞《かすみ》がかかっていて、その意味を深く考えてみる精神的余裕がない。ここがジェイムズの生徒の伝で借りた時里高原の別荘の客間であることもちゃんと把握していながら為す術もなく、ぼんやりしている。ただピクチャアウインドウの外で左から右へもくもくと流れる黒煙を眺めるだけで……黒煙？

なんだいったい、あの煙は。なにか燃やしているのか？　いやしかし……少しはっきりしてきた頭をひと振りし、ブルースは室内を見回した。ここは別荘の二階の自分にあてがわれたあの部屋だ。ベッドの位置やタピストリィの位置からしてまちがいない。が、だとすると黒煙が噴き上がっているとおぼしきところは駐車場のはずだ。アクセルがセダン、そして自分がワンボックスカーを停めてある。そんなところで、まさか焚《た》き火？

遅まきながらブルースも自分が眠り込む前後の状況を憶《おも》い出してきた。あのビール……睡眠薬かなにかを飲まされたにちがいない。しかし誰に？

「乾杯しようぜ」と人数分のゴブレットをキッチンから持ってきたジェイムズの下卑

た笑顔が脳裡《のうり》に浮かんだ。まさかあいつが？　だとしてもなんのために？　理由が全然判らない。そもそもこんな手の込んだ悪ふざけをしそうなやつは自分たちのメンバーのなかにはいないはずだ。

そう悩んでいると背後で、かちゃッとドアの開く音がした。首を捩じったブルースの視界に入ってきたのはプラチナブロンドの長身の女……「ミランダ？」

「もう起きてたの。それとも特大花火の音で目が覚めた？」

「なぜきみがここに？　こんなところで、なにをしている？　まだ日本に、櫃洗にいたのか？　大学を辞めた後、とっくに自国へ帰ったものとばかり……え。花火？」

「あれ、よ」ブルースを椅子ごと後ろ向きにすると背凭れをつかみ、ずるずる窓際へと引きずってゆく。軸脚を支点にして、くるりと一回転させた彼を改めてピクチャアウインドウのほうへ向かせた。「よくご覧」

黒煙に覆われただけの景色のなにを見ろと言うのか。それよりもブルースはミランダの恰好のほうが気になって仕方がない。白いスニーカーにスウェットの上下なのだが、その胸もとから膝にかけて斑《まだら》模様の染みが点在している。本来のスウェットの柄にしては不自然な赤黒さ。おまけになにやら金気臭さが漂ってくるような気がする。

これはまるで……まさか、血？

「煙で見えにくいわね。ほら、あの車」

少し煤《すす》けているが、たしかにブルースのワンボックスカーだ。するとそのスペース二台分隣りで燻《くすぶ》っている車のフレームとおぼしき残骸は？

「そう。あちらは」ミランダは彼の胸中を見透かしたかのように頷《うなず》いた。「アクセルのセダン。どかーんと吹っ飛ばしてやったわ、ダイナマイトで」

「だ、ダイナマイト？　って」笑い飛ばそうとしたら黒煙がいっそう禍々《まがまが》しく見えてきて、うまくいかない。「なにを言っているんだきみは」

「冗談だと思う？」ミランダは五色の起動スイッチの並んだリモコンを突きつけた。「いま押したのは、この赤いやつ。隣りの黄色いボタンがあなたの分よ、ブルース。あのワンボックスカーのなかにも、さっきと同じ量のダイナマイトを仕込んである。この黄色いスイッチを入れれば、どかーんと。あら。疑わしそうなお顔だこと。はったりだとでも思っているのかしら」

「はったりもなにも、いくら高原とはいえ、少し離れたところには民家や公共施設もあるんだぞ。こんなところでダイナマイトを爆発させたりして、どうなるか判っているのか。正気の沙汰じゃない」

「なるほど。いくら人里離れた場所とはいえ、あれだけ盛大な爆発音がしたらどこかの住民が聞きつけて警察に通報するだろうと。あなたはそう考え、期待しているってわけね。すぐにでも警官がここへ駈《か》けつけてきてくれるはずだと。でもおあいにくさま。そういうわけにはいかない」

「なぜ?」

「近くの民家や施設にはあらかじめ連絡を入れてあるからよ。今日この一帯で発破工事があると県の土木課を騙《かた》ってね。大きな音が響くかもしれないけれど心配はご無用と」なにかを口にしかけたブルースに刃先を突きつける。「もちろん、すぐにばれる嘘《うそ》よ。ばれたってちっとも、かまやしない。今日だけごまかせたら、それでいい。そう。どうせ今日じゅうに、かたをつけるんだから。なにもかもすべて、ね」

ブルースは絶句する。鼻先に突きつけられたサバイバルナイフの刃先には、まだ凝固しきっていない血がのたくっている。

「かたをつける……って、な、なにを言っているんだきみは。全然判らない」

「だから、よくご覧って言ってるのよ、あなたの車を。煙も少し薄れてきたから、なかも見えるでしょ。誰が乗ってる?」

背凭れを乱暴に押され、ブルースは眼を凝らした。たしかにワンボックスカーの助手席に女らしきひと影が見える。顔の下半分がなぜか黒ずんで見えるが、あの髪形はもしかして……「ミッキー? 美紀子?」

「はい、よくできました」

「ま、まて。どうして彼女があそこに……全然動く気配がないが、どうしたんだ?

眠らされているのか？　どうして？　どういうことなんだ。さっきダイナマイトを仕込んであると言ってたが、まさか……まさか？」

「もちろん美紀子も吹っ飛ばしてやるわよ、車ごと」大きく口を開けたブルースが声を発する前に遮り、畳みかけた。「たったいまアクセルのセダンごと小百合を吹っ飛ばしてやったようにね。正確には、小百合の死体を、だけど」

本気なのか、と問い質《ただ》そうとしてもブルースは声が出てこない。ミランダのアイスブルーの瞳から灼熱《しゃくねつ》の溶岩の如《ごと》く溢れ出てくる狂気に圧倒されて。

「あなた、ひょっとして、ずーっと眠り込んでた？　そりゃ残念ね、決定的瞬間を見逃して。惚《ほ》れぼれするような爆発だったわよ。観客がアクセルひとりだったなんて、もったいないくらい」

ぎょっとした拍子に声が出た。「お、おい。アクセルは？　ミランダ、アクセルをどうしたんだ」

「これを見て判らない？」ミランダは両腕を拡げた。スウェットの生地を指で引っ張り、血痕を見せつける。「アクセルならたったいま、あそこをがっつり切り落としてきてやったわよ、生きたままね。爆発音が掻き消されそうなほどの悲鳴を上げてたけど、それも聞き逃しちゃった？」

胃液が逆流するブルースの頬を血に濡《ぬ》れたサバイバルナイフでねっとり撫ぜた。

「安心なさい。あたしも鬼じゃないから。彼が長く苦しむのを見るのは忍びなかったから、ひと思いに楽にしてやったわよ。喉を、こう、かっ捌《さば》いてね」

ミランダはスマートフォンをブルースの鼻先に突きつけた。「観る？ ああその前に。糞ビッチたちの分ね」

再生された動画のなかで、耳を切り落とされる小百合が絶叫している。そしてサバイバルナイフで心臓をひと突きされた彼女が絶命するシーンも。

「次はこれ」と再生した動画には美紀子だけではなく、サバイバルナイフをかまえるミランダの姿もいっしょに映っていた。ということは、この動画はいったい誰が撮影しているんだ？ と疑問に思う余裕なぞブルースにはなかった。

画面に全身は映っていないが、どうやら美紀子は抵抗できないように縛られているらしい。ぎゃんぎゃん機関銃の掃射並みに英語で罵る美紀子の口にミランダはサバイバルナイフの切っ先を突っ込んだ。唇の端に刃を引っかけ、そのまま力任せに横に薙《な》ぎ切った。獣のような咆哮《ほうこう》とともに画面いっぱいに血飛沫《ちしぶき》が噴霧される。

「アイヴォリィコック・サッカーの頬の筋肉はぶった切り甲斐《がい》があったわ」

ワンボックスカーの助手席にいる美紀子の顔の下半分が妙に不自然に黒ずんで見えたのはこのせいだったのか……ブルースは戦慄する暇もない。

「あなたたちを三本まとめて銜《くわ》え込んでた彼女の欲張りなお口には、もの足りなかったかもね。さあお待ちかね。今度はその銜えられていたほう。隣りの部屋で昇天しているイエローフィーバーの腐れペニスを三枚におろすシーンにいきましょうか。これも観応えたっぷり」

「や、やめろッ」

「アクセルのこの世のものとも思えない苦悶《くもん》の表情は一見の価値ありよ。それともお口をぱっくり切り裂かれた糞ビッチのとどめを刺すところも、きっちり押さえとく？」

「やめろったら、やめてくれ。後生だ。いったいなんの茶番なんだこれは。ミランダ、きみ、いったいなにがあった？　い、いったいぜんたい、どうしちまったんだ急に。頭の螺子《ねじ》が吹っ飛びでもしたのか」

「そのとおり」

「はあ？　な、なぜ？」

「なぜだと思う？」

「え、えと、もしかして」あれこれ考えてみてもミランダが錯乱するような出来事の心当たりはたったひとつしかない。「……旦那さんのこと？」

ミランダは口角を上げたまま小首を傾げる仕種《しぐさ》をした。が、その眼は決してブルースの言い分を否定してはいない。

「そ、そうか。やっぱり。亡くなられたことは聞いたよ。お気の毒だった、ほんとうに。辛かったろう。ショックで大学も辞めて、自国に帰るときのきみはほんとうに憔悴していて、もしかして彼のあとを追って自ら命を絶ってしまうんじゃないかと心配なほどだったと、ひと伝《づ》てに……いや、で、でも、それとおれたちといったい、なんの関係が?」

「ようくご覧」ミランダは再び窓の外を顎でしゃくった。「あなたの車に乗っているのは美紀子だけかしら?」

「え?」

「後部座席。あー、くそ」ちっとミランダは舌打ちした。「双眼鏡でもよく見えないか。アングル、失敗した。もうちょっとよく見えるように車を動かしておけばよかった。なにしろ初めてのことばかりだから、いろいろと不手際がね。この次はもっとちゃんと。って、ははは。まるで二回目があるみたいな言い方だわねこれじゃあ。もちろん、そんなものはない」

ブルースは窓ガラスが曇らないように息を止め、ワンボックスカーを注視した。すると後部座席にもたしかに、なにか見える。やはりひと影か?

「あれは? 誰なんだ」

「ヒント。後部座席にいるのはひとりじゃありません。互いに折り重なる恰好になっているから判りづらいけど。ふたりいる」

「ふたり？　ふたり……って、だ、誰と誰なんだいったい」

「あなた、どうする？」黒いリモコンを見せびらかすように持ちなおした。「あそこにいるのはあなたの奥さんと娘だ、とあたしが言ったとしたら？」

ブルースは絶叫していた。首が肩からすっぽ抜けそうな勢いで。ミランダの言葉が嘘かもしれないと疑う余裕など寸毫《すんごう》もない。己れの意思を無視して後からあとから叫び声が壊れたシャワーのように噴き上がる。

「あなた、ちゃんと知ってるじゃないの、あたしの夫が自殺したことを」

言うなりミランダは黄色のボタンを押した。ぴかッと白色の閃光が視界を切り裂くと同時に、ずどんッとブルースの内臓を転覆させそうな衝撃。窓ガラスがびりびり震える。

＊

対価は特に請求されないが、所有者から栞里を通じて別荘を借りるに当たっての条件がひとつ示されていた。それは建物の周辺や外観及び邸内の画像動画の撮影は厳に慎んで欲しい、というものだ。万一ツイッターやインスタグラムなどに上げたりしているのを見つけた場合はそれ相応の対処をしなければならなくなる、と。

その旨くれぐれも参加者全員に周知徹底していただきたいという内容を日本語と英語で印字した書類をジェイムズは栞里から別荘の鍵といっしょに預かってきていた。通達書類の末尾には『月夜見《つきよみ》ひろゑ』という別荘の所有者とその代理人である弁護士のサインがあった。

出発前、この条件に関してはグループ内でラインやDMなどでも幾度となく確認し合ってきた。にもかかわらず小百合は別荘に到着するや、かたときもスマートフォンを手放さない。建物の周囲の景色や、吹き抜けになった広いリビング、各客間の内装などを動画で撮影しっぱなし。

最初は見て見ぬふりをしていたあとの五人も、草原の散策やら戸外でのバーベキューの様子などを逐一撮影されるに至り、さすがに小百合を咎《とが》め始めた。

「ちょっとちょっと、ハッシー」真弓はなるべくことを穏便に進めようという配慮なのか、小百合を相手にするときは本人お気に入りの愛称で呼ぶ。「撮影はNGだって、あんなに厳しく禁止されてるでしょ」

真弓とは対照的に美紀子は口には出さず、小百合のスマートフォンが自分に向けられるたびに陽傘や両手、空の食器などで顔を隠して無言の抗議。

「平気だよ。SNSにアップしなけりゃいいんでしょ」小百合はなにやら意味ありげな流眄《りゅうべん》をくれた。「ね、アクセル？」

「あ？　う、うん」同意を求められてアクセルはどぎまぎ眼が泳ぐ。「別に、ね。いいんじゃない？　それ相応の対処といっても、誓約書とか取られているわけじゃないんだし。ストーリー機能で内輪だけでこっそり楽しむ分には、さ。うん」

「どうしたの、アクセル？」真弓は胡散臭《うさんくさ》げに眉をひそめた。「いつもはハッシーに限らず、みんなに画像や動画を撮られることをあれほど嫌がっているくせに」

「だよね」美紀子もサディスティックな笑みとともに追い討ちをかける。「特に小百合といっしょのところなんか絶対に撮らせないくせに、さ」

「そうだよねえ。不意討ちで撮れたと思って画像を確認したら、わざとゾンビみたく白眼を剝いて変顔したりしてごまかすくらい、徹底しているひとが、どうして今日に限って宗旨変え？」

真弓は「変顔」をことさらに外国人っぽいイントネーションとアクセントで「ヘンガオ」と強調する。

「い、いや、あれは別に嫌がっているとかそういうわけじゃなくて、単に受け狙いで。そう。受け狙いでやってるんだよね」

言い訳しながらアクセルは内心冷や汗をかいていた。彼がこのメンバーたちとの画像や動画を撮られたくないのはもちろん自国の妻に見つかるリスクを避けたいからだ。が、今日はうっかり小百合を窘《たしな》める側に回るわけにはいかないので。いや、ま、まてよ。

もしかしてそれは却《かえ》って不自然な対応なのか？　後日このときの行動について警察に問い質されたりした場合、自分は小百合を窘める側、それとも黙認する側、どちらにいたほうが自然だと判断されるのだろう？　アクセルはよく判らなかった。とっさにはうまくシミュレーションができない。とりあえず「撮影厳禁つったって、その約束を破ったら違約金をとられるとかそんな大袈裟《おおげさ》な話じゃないんだからさ。気楽に楽しもうぜ、気楽に」といつもの軽い乗りを装うに留《とど》める。

そのうち陽が落ちた。暗くなるのを待ちかねていたみたいに小百合はアクセルの手を引っ張り、自分たちにあてがわれている二階の客間へ引っ込んだ。

この別荘の客間は四部屋。二階の南側にふた部屋、北側にふた部屋。小百合とアクセルは駐車場に面した南側の一室に入る。

小百合の背中を押すようにしてドアの陰へと消える直前、アクセルは通路の手摺《てす》り越しに、ちらりとリビングを一瞥《いちべつ》した。あとの四人はソファや肘掛け椅子で思いおもいに寛《くつろ》いでいる。

吹き抜けになった二階の通路を見上げる真弓とアクセルの眼が合った。少したじろいだものの、すぐに笑顔で彼女に会釈し、後ろ手でドアを閉める。

「なんなの、アクセルったら」真弓は誰にともなく呟《つぶや》いた。「変じゃない？　様子が」

「変？　変。そうかなあ」気のない口ぶりながらもジェイムズがスマートフォンから一応顔を上げたのは、多少なりとも同じ疑念にかられていたからかもしれない。「どこがそんなに？」

「判らないけど。なんだか怯《おび》えているみたい、っていうか」

「怯えている？　なにに」

「ハッシー、じゃなくて、小百合に」

「あ、なにかやらかしちまったのかもね」速攻で興味を失ったのか、ジェイムズはスマートフォンに視線を戻した。「お姫さまのご機嫌をそこねたものだから、なんとか赦《ゆる》してもらわないと今夜はキスもさせてもらえない、とかって」

「機嫌をそこねた……うーん。かもしれないけど、そうだとしたら小百合はぷんすか、もっと判りやすい反応をしているんじゃないかしら。あれは例えば、もっと……」

「男が女の機嫌をそこねる原因はいつも同じよ」美紀子は悟ったような口調でワイングラスを傾けた。「浮気。それしかない」

「浮気？」今度はジェイムズはスマートフォンから顔を上げない。「アクセルが他の女の子と仲よくなったとして、それがなんなの。だって彼女は結婚してるんだろ。ハッシーって綽名《あだな》はそもそもハシモトっていう旧姓が由来だそうじゃん。てことは、いま新しい姓になっているわけだ。そうだ。子どももいるって聞いたぞ」

「判っちゃいないな、女心が」ブルースは分別臭く口を挟む。「そういう問題じゃあないんだ。自分に配偶者がいようがいまいが関係ない。いま自分がキープしているはずの男が他の女にこっそり関心を寄せている、ただそれだけで赦せないものなのさ。なにか具体的な行動を起こすわけでなくても」

「妻帯者のお言葉には重みがあるね」と茶化すジェイムズを遮るみたいに音をたててワイングラスをコーヒーテーブルに置くや、美紀子は立ち上がった。「あー、疲れた」とだけ呟いて、スケルトン階段を上がってゆく。二階の北側の客間に引っ込むや、荒々しくドアを閉めた。

「だいじょうぶか、ジェイムズ」とブルースに訊かれても当人は上の空。「なにが」

「それこそミッキーのご機嫌をちゃんととっとかないと今晩、部屋へ入れてもらえないかもしれないぜ」

「ああ？」ジェイムズはようやく顰《しか》め面《つら》を上げた。「どういうこと？」

「女心の話さ。きちんとケアしておいてあげないと、ひと晩中、閉め出されて、せっかくの豪華な別荘滞在もふいになるぜ」

「そんときゃ別のベッドで寝るまでさ。部屋はもうひとつあるんだろ？」

「日本語にはなかなかいい諺《ことわざ》がある。知ってるか、ジェイムズ。虻蜂《あぶはち》獲《と》らず、って」

「なんだそれ」

「手に入れたいものがふたつあるとき、どちらかを選ばずに両方ゲットしてやろうと欲張ったら失敗しがち、って意味さ。どちらも美味《うま》そうだから両方いただいちゃえばいいと思っていたら結局どちらも喰えなかった、ってオチになる。二兎《にと》を追う者は一兎をも得ず、って言葉もある」

「おかしな考え方だなそれは。端的に言って敗者の論理だ。欲しいものがふたつあって、その両方を手に入れてやろうとしたら必ず失敗する、なんて法則が成立する道理があるもんか。そりゃあそいつがマヌケなだけの話だろ。賢くて要領のいい人間は、ちゃあんと両方ゲットできますって」

「ね、ジェイムズ」いささか唐突に真弓が口を挟んだ。「マシュウ・ナイトレイって知ってる？」

「ん」ジェイムズは眼を瞬《しばたた》いた。「誰？」

「地元に赴任しているALTって、けっこうお互いに交流があるでしょ？　出身国や勤務先の学校はちがっていても」

「そこそこはね。マシュウ？　ナイトレイって、そいつも櫝洗のALT？　出身は？」

「カナダ人らしい。正確には元ALT」

「つまり、もう任期は終えているやつってことかい？　知らないな。ALTが終わっても別の仕事で滞在を延長したりしていれば交流のあるひともいるけど。ナイトレイって聞いたことない。もう自国に帰っているんじゃないの？」

「ええ、どうやらね。ＡＬＴ時代に知り合った地元の女性と結婚して子どももできた。で、櫃洗の某企業に就職して一旦は落ち着いたらしいんだけど、これが仕事はきついわ給料も安いわでほとほと嫌気がさした。こんなはずじゃなかった、日本ではもっとのんびり、優雅に暮らしていけると思ってたのに、と。ＡＬＴがいかに破格に厚遇された身分だったかを痛感した」

「厚遇？　そうですかねえ。そいつの給料が幾らだったか知らないけど、おれなんか前の仕事の半分以下だぜ」

「それでも他の日本人教職員たちとはちがってコマ数は少ないわ校務分掌は免除されるわで楽ちんなものじゃない。それでいてお給料は並みの講師以上が保証されていて賞与もつくとなれば、こんなぼろい仕事も他にない。これで任期のない生涯雇用だったりしたひには他の同僚たちに怨《うら》まれて、刺されたりしても文句は言えないわよ」

「ともかくそのマシュウってやつは」ブルースは心なしか執り成す口調だ。「そんなふうに悠々自適で日本で生活できると思って櫃洗で所帯を持ったわけか。そしたらＡＬＴ以外の仕事では当てが外れたもんで、自国へ帰ったとかそういう話なのかこれは？　妻子を連れて？」

「ううん。ひとりで自国へ帰った。離婚してね。問題はそのマシュウ・ナイトレイが別れた妻っていうのが、あたしたちがよく知っている人物だってこと」

「え。まさか」ジェイムズは初めて椅子から身を乗り出した。「ミッキーなのか？」

「ちがう。小百合のほう」

「離婚してたのか、彼女」ブルースも初耳だったようだ。「え。まてまて。じゃあいま彼女がわざわざ旧姓はハシモトだってしつこく触れ回っているのはどういうこと？　別の男と再婚したの？」

「あたしが知る限りでは再婚はしていないようね。まだ。普通に考えれば子どももいっしょに旧姓に戻っているんでしょ」

「シングルマザーってこと？」

「いま四つか五つの男の子。で、小百合は自宅にしょっちゅうアクセルを招いて泊まらせたりしてはその子に彼のこと、パパって呼ばせているんだって」

「アクセルと再婚するつもりなのか？　ハッシーがそれほどあいつに真剣だとは思わなかったな」

「彼女だって馬鹿じゃない。アクセルが自国に恋人だか妻だかを置いてきているかもしれないことくらい想定しているでしょ。じゃなくて、その幼い息子を立派なバイリンガルに育て上げるのが小百合の当面の夢であり、一大目標らしいのね」

「ふうん」

「ともかくマシュウも憧れの日本での現実を思い知ったんだから、おとなしくカナダに引っ込んでいりゃいいものを、どうやらイエローフィーバーの血が再び騒ぎ出した」

イエローフィーバーという単語を真弓は露骨に強調したが、ジェイムズもブルースもそれを自分たちへの皮肉だとは、露感じてはいないようだ。

「再び出会いを求めてランゲージパートナー探しのマッチングアプリざんまい。で、またもや櫃洗在住の日本人女性と知り合い、たちまち彼女の虜《とりこ》になった。おまけに彼女がどこかへ語学留学してみたいって洩らしたもんだから、もうたいへん。来るなら絶対にカナダにしなよ、ってマシュウはSNSで猛烈に勧めているらしいんだけど、経済的な問題なのかなんなのか、これがいっこうに具体的な計画が進展しない。埒《らち》が明かないから、これはもう自分が動くしかない、と」

「そのマシュウってやつ、また来日するつもりだってこと？　わざわざ櫃洗までその彼女に会いに？」

真弓は頷いた。「これで判ったでしょ、アクセルの様子がおかしい理由が」

ジェイムズとブルースは顔を見合わせた。どちらからともなく肩を竦める。「どういう脈絡？」

「小百合は表向きは平静を装っているけど、実は怒りで爆発寸前ってことよ」

「元夫が自分以外の女と会うためにわざわざ櫃洗まで来ようとしているから?」ブルースは再び肩を竦めた。「たしかに彼女にとっては愉快な話じゃないだろうが。それほど気に病まなきゃいけないようなことかね」

＊

「気に病まなきゃいけないどころの騒ぎじゃない。小百合はその娘を殺すつもりだった、ってわけよ」

ミランダは刃先が血に濡《ぬ》れたサバイバルナイフでブルースの唇を弄ぶ。「あるいは殺さないまでも腹いせに殴るかどうかして怪我《けが》でも負わせる程度のつもりだったのかもしれないけれど、どちらにせよまあ怖い女だわ。どこぞの金持ちが気まぐれで高原の別荘を貸してくれるって話になったものだから、彼女にとっては渡りに舟。よっしゃパーティーだとみんなが盛り上がっている陰で小百合だけはひそかに、これを利用する殺害計画を練っていた。昼間はバーベキューなどで適当に遊んで、夜は夜で男女カップル三組に分かれてそれぞれの部屋に籠もるはず、そう見当をつけて小百合はその状況を自分のアリバイ工作に利用できると考えた」

ミランダの声が聞こえているのかいないのか、ブルースは虚脱している。ピクチャアウインドウの外でもくもくと拡がる黒煙と、たったいまダイナマイトで粉々に破壊された自分のワンボックスカーの残骸をただ口をだらりと開けて茫然《ぼうぜん》と見つめている。

「別荘の周辺や邸内は撮影厳禁と所有者から念を押されていたにもかかわらず、小百合は馬鹿のふりして動画を撮り続けた。もちろん自分の姿をおさめるかたちで。犯行時間帯にはたしかにこの高原にいたというアリバイを捏造《ねつぞう》するために。もちろん別荘と実際の犯行現場のあいだをこっそり往復しなければいけないから、自分が不在のあいだは代わりにスマホで撮影してくれる協力者が必要だった。それでむりやり共犯者に仕立てられたのがアクセル。もちろん移動のためのセダンを貸すこと込みで」

相変わらずミランダの存在自体を失念しているかのようにブルースは虚《うつ》ろな眼つきと半開きの口がもとに戻らない。椅子に縛られたまま微動だにしない。

「小百合も自分ではお利口さんのつもりでそういう小細工を楽しんでいたんでしょうね。そもそもマシュウっていう元夫がのぼせ上がっている女が仮に殺害されたとして、それで小百合が犯行を疑われることになるかどうかも定かではない。その女とカナダ在住のマシュウとのSNSのやりとりが確認されたとしても、そこから警察が彼の元妻にまで着目するものかどうか。はっきり言えばあたしは、まずあり得ない展開だと思う。小百合と彼女とのあいだに直接的な接点はないわけだしね。小百合の取り越し苦労というか、自意識過剰だったのよ要するに。ね。アクセルもさ、唯々諾々《いいだくだく》と彼女の命令に従ったりせずにそういう、ものの道理ってやつを小百合に説いてあげていればよかったのよ。ね」

ミランダは一歩後ずさるとサバイバルナイフを逆手に握りなおした。

「愚かで哀れな《ファッキング・ステューピッド》男よ、アクセルも。命令に従わなければ、小百合にフェラチオさせている動画を自国の奥さんに送りつけると脅迫されて、抵抗しきれなかったんでしょうけれど。そのお蔭《かげ》で命を落とす羽目になった」

ミランダは腕を振りかぶった。踏み込んだ勢いに乗せてサバイバルナイフの切っ先をブルースの裸の胸部に叩き込む。「こんなふうにね《ライクジス》」

ばしゃッと噴射した返り血がミランダの顔面を斑に染め上げる。

*

「あのね、そうやってのんびり彼女のインスタをチェックしている場合じゃないのよ、ジェイムズ。これはあなたにとって決して他人ごとじゃないんだから」

「なんの話？」

「小百合の元夫のマシュウがカナダからすぐに飛んできたいほど夢中になっているその女の名前、エリカっていうらしいわよ」

ジェイムズの背筋が伸びた。真弓を見る眼が三角に吊《つ》り上がっている。

「単なる偶然の一致かもしれないけどね。同じマッチングアプリを使っていて、たまたま同じ名前、同じ櫃洗在住なんだけど別人のアイヴォリィフィーバーの女が引っかかる可能性だってゼロではないんだし」

ジェイムズは威嚇するような眼つきで息をととのえた。「別人かもしれない。だけど同一人物かもしれないと言うんだね」

「小百合の元夫とあなたが揃って尻を追っかけているアイヴォリィフィーバーの女がたまたま同一人物なのか否かなんてどうでもいい。問題はね、美紀子もそのエリカって娘の存在に気づいている、ってことなの」

ジェイムズは無言で眉根を寄せ、半眼になった。

「あなたが常時不特定多数の女にコナかけまくっているのは周知の事実だから、ミッキーだってそんなこといちいち気にしていない。そう高を括るのもけっこうだけど、ほんとにだいじょうぶ？　いつものナンパならともかく、男がわりと本気で入れ上げていると察知したら、おもしろくないものよ、女って」

「アイヴォリィフィーバーって？」ブルースはどこか執り成す面持ちで苦笑した。

「初めて聞いた。そんな言葉があるの？　まあ、意味はよく判るけどね」

「誰かのブログかツイッターで拾ったの。うまいこと言うなと思って」

ジェイムズは立ち上がった。平静を装っているようだが、内心穏やかでないのは明らかだ。無言でスケルトン階段を上がると、先刻美紀子が消えた北側の部屋へと急ぐ。

「ミッキー、おい。ミッキーってば」ドアをノックする。ノブに手をかけて回したが、鍵が掛かっているようだ。「なんだよおい。ここ、開けてくれよ。早く」

真弓とブルースが階下から見守るなか、ジェイムズはしばらく交渉を続けていたが、やがて諦めたのか、踵《きびす》を返した。

「腐れカントの糞ビッチが」と一応は美紀子の耳をはばかっているのか、低く圧《お》し殺した罵詈《ばり》を洩らしながら階段を降りてくる。

「なんだかスラングの使い方がどんどんアメリカ英語っぽくなってくるね。やっぱり周囲にアメリカ英語を使う女の子が多いから、ついブリティッシュイングリッシュを忘れてしまうのかな」

「やかましいやい、キウイ野郎め」とニュージーランド出身のブルースに対する蔑称を吐くジェイムズは相当、自尊心を傷つけられているようだ。

「ちくしょう。飲みなおして、もう寝るか。ひとつだけ空いてる部屋ってどこだっけ。ミッキーの隣りか」

「あら、だめよ。あそこはあたしが使うんだから」

「え。どういうことだ?」ブルースは半笑いで色をなすという、なんとも複雑な表情を浮かべた。「きみはぼくと、ほら、南側のアクセルたちの隣りの部屋で」

「うん。ブルースはあそこを使って」

「もちろん、きみもいっしょに、だろ」

「ちょっと、しっかりしてよ。ちゃんと言ったでしょ？　あたしはもう結婚してるの。夫以外の男とふたりきりで一夜を過ごせるわけないじゃない」

「待てまて待て、ちょっと待て」なにか言い募ろうとしたブルースをジェイムズが両手を振って遮った。「きみたちが勝手に、ひとりでひと部屋使うと決めてもらっちゃ困るな。そしたらおれはどうすりゃいいの？　もう空室はないんだろ。まさか、このカウチでひと晩、明かせってか？」

「ブルースの部屋に泊めてもらえばいいんじゃない？」

「おもしろい冗談《ベリィ・ファニィ》だ」と図らずもジェイムズとブルースの声がユニゾンになった。ふたり揃って眼が笑っていない顔面の強張《こわば》り方もそっくり。

「男と同衾《どうきん》する趣味なんか、おれにはないんだけど」「おれだってごめんだ」とお互いに文句を被せ合うふたりを尻目に真弓は立ち上がった。

「ふたりでゆっくり相談してちょうだい。あたしはもう休むから」

「待て。おい」ブルースは発条《ばね》仕掛けの人形みたいに跳び上がるや、乱暴に彼女の腕をつかんだ。「笑えないジョークもたいがいにしろよ。なあ。きみひとりで、あっちの部屋で寝るたあなんだ？」

「ジョークなんかじゃないんだけど」

「だったらわざわざこんなところまで、なにしに来たんだよ。え。車で何時間もかけて、いったいなにしに？」

「なにって、ちょっとピクニック気分のパーティーでしょ。高原の散策とかバーベキューとか」

「それなら日帰りですむだろ。こんな別荘、わざわざ借りる必要があるか。泊まりがけで来ているんだから、夜はどうするかくらい常識だろうが。赤ん坊じゃあるまいし」

「なにを急に怖い顔で、いきりたっているのよ？　ブルース、なにか、かんちがいしていない？　あたしたち、友だちでしょ？」

「ただの友だちのつもりなら最初から、こんなところまでのこのこ付いてくるな。まぎらわしい」

「いい加減に放して」真弓はブルースの手を振り払った。「友だちだからこそ、これまでいっしょに楽しくやってきたんじゃない。それをなにをいまさら血迷ったりして、ばっかじゃないの」

ブルースは瞬きもせずに手を一閃《いっせん》した。真弓の頬桁《ほおげた》を殴りつける。

ぱんッと肉の鳴る音とともに後ろによろめく彼女の肩をつかんだブルースは手加減なしに真弓の身体を前後に揺さぶった。「頭がおかしいのかおまえは。え。頭、おかしいのかよ。ここまで来ておいて。やるべきことやらないで、それですむと。え。それですむと本気で思ってるのか。まさか本気でそう思っているのかよ。どういう了見だそれは」

「それだけ？」頬を押さえて真弓はブルースを睨《にら》みつけた。「しょせんはそれだけ、ってこと？　ああそう。とてもいい友だちだと思っていたのに。しょせん求めるのはセックスだけ？　ああそうなの。そんなふうにしか見られないのね。それしか価値のない人間なのねあたしは、あなたにとって」

歯茎を剝き出しにした形相でブルースはさらに真弓の身体を激しく揺さぶると、そのまま彼女を床へ突き倒した。

衝撃を緩和するために背中を丸めて転がり、起き上がろうとする真弓にブルースは覆い被さった。「この糞ビッチが」今度は平手ではなく拳固《げんこ》で殴る。「なに。なんだと。なんと言いやがった、このおれに。え。なんと言いやがったんだその口で。糞の役にもたたないきれいごとを吐《ぬ》かすな」

「やめてッ」真弓は悲鳴を上げた。「ジェイムズ、痛いッ。ジェイムズったら。なにしてんの。痛ッ。たすけて。いたい痛い。たすけて。な、なんとかして」

「うるさい。黙れ」彼女の手足を押さえ、仰向けに床に縫いつけたままブルースは容赦なく、ぱんッぱんッとなにかにとり憑《つ》かれたかのように往復ビンタをくり返した。

「黙れだまれ黙れ。だまれッ」

「お、おい、ブルース」ジェイムズはおろおろ狼狽《ろうばい》して後ずさったり前のめりになったりと意味のない動作をくり返している。「落ち着け。な。少しは、な、落ち着けよ」

「痛い。痛いったら。やめて。殴るのはもうやめて」鼻血を流しながら真弓はなんとかブルースを押し戻そうと足掻《あが》く。「判った。判ったわよ。もう。好きにしたらいいでしょ。そんなにやりたいのなら」

女を見下ろすブルースの瞳孔は開ききっていた。言葉にならない唸《うな》り声を上げながら真弓の服を毟り取った。自分も下着を脱ぎ捨てると、礫《つぶて》で掌《てのひら》に受けた唾液の滑りを借りてむりやり股を開かせた彼女のなかに挿《は》入《い》ってゆく。

「あーもう」最初こそ眉間に皺《しわ》を寄せていた真弓だが、かくかくとブルースの腰の動きが単調になるにつれ、白けた表情で天井を見上げた。「あのさあ、どうでもいいけど、この姿勢、疲れるのよ。やるなら脚、下ろさせてくれない？」

一瞬ブルースの顔面が憤怒に染まる。なにか叫ぼうとして大きく口を開けたが、ひゅううと掠《かす》れた空気の音しか出てこない。

「このままやるの？　こうやって脚をずっと上げてると疲れるんだってば。あーもう。

やるのね。この体位がいいのね。はいはい。だったらさっさと終わらせちゃって」

ふいにブルースは顔を歪めた。かと思うや、おんおん声を上げて幼児のように泣き始めた。「な、なんで。なんで言ってくれないんだよう。おまえは。せっかくやってるのに。せっかく抱いてやってるんだから、なにかおれのために言ってくれ。せっかくこうして愛し合っているんだから、ちゃんと愛してる、のひとことくらい言ってくれ」

「はあ？」真弓は自分を組み伏せている男の正気を疑う眼つきになった。「な……な、なに言ってんのあんた」

「言え。言ってくれよ。愛してると。おれのことを愛していると。たったひとこと《ジャスト・セイ・ザ・ファッキング・ワード》。簡単なことじゃないか。たったこれだけなのに、どうして言ってくれない。なあ。言ってくれよ。愛してるって、このおれに言ってくれようう」頭をかかえて号泣しているうちに萎《しぼ》んだ分身が真弓のなかから抜け落ちた。「言えよ。言え。言ってくれったら。なあ。それが女の義務ってもんだろうが」

「あのね、ブルース、あなた……」

真弓は口を噤《つぐ》んだ。少し離れたところから自分たちを見ている視線に気づいて。アクセルだ。いつの間にリビングへ降りてきていたのか、ジェイムズとブルースの背後に佇《たたず》んでいる。しかも手にはスマートフォンを持って。

「ちょ、ちょっと。なにやってんのよ、アクセル。やめてッ」

そのひとことでブルースもジェイムズもようやくアクセルの存在に気づいたようだ。

「なにそれ。なんのつもり？　まさか動画を撮っているんじゃないでしょうね。やめて。やめなさい。聞こえないの。いますぐ、やめてちょうだいッ」

ブルースを押し退《の》け、真弓は跳び起きた。丸まった下着が足首に搦《から》みついた恰好のまま、アクセルめがけて突進する。

いっぽうブルースは、先刻までの白けた表情から一転パニックになる彼女の姿に嗜《し》虐《ぎゃく》趣味を刺戟《しげき》されたのか、萎えていた男根が屹立《きつりつ》した。

「寄越しなさいッ」とアクセルからスマートフォンを奪おうとした真弓にブルースはタックル。「おとなしくしろ」という彼の怒号に無意識に反応したのか、ジェイムズまでもが彼女に抱きつき、押さえつけてくる。

男ふたりがかりで再び床に押し倒された真弓は諦めず、四つん這《ば》いでアクセルのほうへにじり寄る。

歯嚙みする彼女の表情の迫力に気圧《けお》され、後ずさったアクセルの背中を誰かが軽く押し戻した。驚いて彼が振り返ると、そこにはいつの間に客間から降りてきたのか、美紀子が立っている。

「なにやってんのよ、アクセル」妖艶に微笑みながら美紀子は彼の手からさりげなくスマートフォンを奪い取った。「この際あんたも加勢したら？　ほら。マユたんとやれるなんてこんなチャンス、滅多にないわよ。だいじょうぶだってば。撮影ならあたしがやってあげるから。せいぜい楽しみなさい」

アクセルは怯えたように眼を瞠《みは》ったが、真弓の悲痛な呻《うめ》き声に反応し、三人のほうを振り返った。裸になったジェイムズが彼女を羽交い締めにしている。ブルースは真弓の前へ回ってその膝をかかえ上げ、股間に顔を埋める。くんずほぐれつの肉弾戦の光景に興奮を抑えられなくなったのか、アクセルは転びそうになりながら慌てて服を脱ぎ捨てた。

「ほうらほら。ばっちり映っているわよ」と美紀子はアクセルが小百合から預かっていたスマートフォンを持って、肌色の塊りと化した四人へ歩み寄った。「ちょっとお、小百合も降りてきなさいよ。小百合ったら。どうしたの、彼女。え。寝てる？　こんなおもしろいショーを見逃すなんてもったいない。ま、わざわざ起こしてくるまでもないけど」

男たちにかわるがわる犯される真弓の結合部分を美紀子はアップで撮影する。「わー、すごい。いやらしい。ずっぽり入っているわよう、マユたん。すごおい。しかもナマだもんね。さあみんな、どんどんやって。彼女を孕《はら》ませちゃおう。うわあ出たでた。どろっと溢れて。濃いわねえブルース。だいぶ溜《た》まってたのね。ほうらもういっちょう。ジェイムズも出して出して。ほら。アクセルも。ちゃんとなかで。どんどん。ああもう、まだるっこしいわね。いっそ三人いっぺんに入れちゃえば？　三本くらい、マユたんなら余裕よ。きっとがばがばだから。あははは。三人分の遺伝子を、いっせーので同時に注ぎ込んでやって。どんな子が生まれてくるかしら」

＊

スケルトン階段を降りてくるひと影に気づいて、ジェイムズは立ち上がった。ミランダだ。白いスウェットの上下のみならず、額や頰、そしてプラチナブロンドの髪に至るまで全身が血に染まっている。

「終わったわよ」けだるげにスマートフォンを掲げて見せながらジェイムズに歩み寄ってきた。「観る？　胸を刺されて瀕死《ひんし》のブルースを去勢手術してやったわ」

背筋に電流が走ったかのようにジェイムズはぶるぶる震え、かむりを振った。

「終わった……って？」

「みんな殺した。小百合も美紀子も、アクセルもブルースも」

「ブルースはうまく騙《だま》されてくれた？」

「ええ、ちゃんと。そこは抜かりなく、ね。あそこで妻と娘がほんとうに爆殺されたものと彼が思い込んであの世へ逝ってくれなきゃ、なんの意味もなくなる」

　ミランダがわざわざダイナマイトなどという大がかりな舞台装置を設定した理由がこれだ。ブルースには妻と娘が自分の巻き添えを喰って命を落としたという徹底的な絶望のなかで死んでもらわなければならない。小百合と美紀子の死体を積んだうえで実際に二台の車を爆破して見せたのは、ワンボックスカーの後部座席に積まれているのはダミーの人形なんかではなく、ほんとうに妻と娘なのだと彼に思い込ませるためだった。

「そこまで言うならいっそ、ブルースだけじゃなくて彼の奥さんと娘さんもいっしょに殺せばそれでよかったじゃないか？」

「妻と娘にはなんの怨みもないもの。だいたい会ったことすらない。あたしは頭がいかれているかもしれないけれど、怨みのない人間を殺すほど酔狂じゃないわ」

「じゃあやっぱり……」ジェイムズは生唾を呑み下した。「やっぱりおれも殺すんだ」

「あなたを？　どうして？　あなたはあたしのパートナーじゃない。ジェイムズ。あなたの協力なしには、あれから半年も経《た》ってから再びこの別荘へとみんなを誘い出すことはできなかった」

　口実はなんとでもついた。去年、例の大富豪から借りた別荘をまた使わせてもらえるらしいからパーティーをやろうと。そう招集をかけたのはジェイムズだ。ただしそれは彼自身の意志ではなく、ひそかにミランダに命令されてのことだった。

「なにを心配してるの？　あなたのＤＮＡが付着した証拠品は約束通り、ちゃんと返すわ。それでいいんでしょ？」

ジェイムズが握り締めた拳のなかで指の爪が掌の皮膚に喰い込む。迂闊《うかつ》だった。まさかミランダがこっそり日本へ舞い戻ってきたうえに、興信所を使って自分の身辺調査をしていたとは夢にも思わなかった。

「みんなのなかでなにか不祥事をやらかして弱みを握れるとしたらジェイムズ、あなたがもっとも有望だと思った。そしたらビンゴだったわ。カオリという名前のレストラン従業員が失踪したというニュースを観て、さてはと思っていたら案の定、あなたが彼女の遺体を埋めている現場を押さえられた」

女性暴行致死の物的証拠という決定的な弱みをミランダに握られたジェイムズはなにもかも彼女の言いなりになるしかなかった。いつもの馬鹿騒ぎのパーティーだと信じて別荘へやってきたみんなに睡眠薬入りのビールを振る舞ったり、ミランダが美紀子を膾《なます》のように切り裂く場面をスマートフォンで撮影させられたり。なんでもありだ。

「あたしひとりじゃ、なにもできなかった。だからジェイムズ、あなたには感謝しているわ。ほんとうよ」

「感謝しているから殺さない、なんてロジックはきみには似合わない。むしろそれはそれ、これはこれ。だろ？」

「疑り深いわね。そんなにあたしに殺されたいの？」

「そんなものをしっかり持っているのを見せつけられたら、疑り深くもなるさ」

ジェイムズに顎をしゃくられ、ミランダは苦笑した。おどけた仕種で黒いリモコンスイッチをひらひら振って見せる。

「ボタンはあと三色残っている。すべてこの別荘の邸内に仕掛けたダイナマイトを爆破させられるやつ。それはなんのためだ？　おれを抹殺するためだろ？　共犯者の口を永遠に塞ぐために。そしてなにより……なによりもあのレイプの意趣返しのために」

＊

ばんッと己れの脳髄が破裂したかのような衝撃を覚えたときにはすでにミランダは吹き飛ばされ、地面に叩きつけられていた。視界が暗転し、黒い渦巻きに覆われる。

爆風はまるで巨大なハンマーのようにミランダの身体を蹂躪《じゅうりん》し、草原のクマザサというクマザサを薙ぎ倒していた。空高く舞い上がった土埃がミランダの頭部に驟雨《しゅうう》のように降り注ぎ、全身を包み込んでくる。

ミランダは気絶していた。それがどのくらい長いあいだだったかは判らない。気がつくと、背後にあった別荘は巨大なオレンジ色の炎に包まれている。建物の骨格に舌を這わせる生き物のようにまとわりつく紅蓮《ぐれん》の炎は恐怖を通り越し、いっそ陶酔をもたらしかねないほど淫靡《いんび》な眺めだった。

「……本能的に逃げちゃったわ」ミランダは自嘲的に独り言《ご》ちた。「ええ、死ぬのはごめんだからね。あたしは生きてゆくわよ、なにがあっても。そこはあなたとはちがう」

ミランダは亡き夫、真弓邦暁《くにあき》にそう語りかける。妻が三人の外国人の男に輪姦されている動画を観せられたくらいで死を選ぶとは。小心にもほどがある。あんなの別に大したことじゃなかったのに。男どもだってそんな理由で殺されることになるとは思いもよらなかったろう。でもそれはあたしの考え方に過ぎないわけで。夫にとっては大したことだった。そう理解してあげるしかない。

こっそり別荘から抜け出したものの結局気後れして殺害実行にまでは至らなかったというお粗末なアリバイ工作のために動画をアクセルに撮影させた小百合も忌まいましいが、わざわざ夫にそれを送りつけた美紀子はもっと赦せない。だからいちばん残酷な方法で殺したつもりだが、さてどうだろう。

結局は建前で、誰も抹殺しない選択肢があったにもかかわらず、あたしは敢えて復《ふく》讐《しゅう》という名目ですべてを実行した。夫の無念なんか関係なかったのかもしれない。ただやりたいからやった。それだけ。

ミランダ・スレイド・真弓は立ち上がり、紅蓮の炎に背を向ける。そして二度と振り返らなかった。

ユリエの本格ミステリ講座

小泊瀬海人《おはせかいと》は困惑していた。傍らの住吉《すみよし》ユリエを振り返る。縋《すが》りつくような表情になっていることが自分でもよく判《わか》った。

いや、あ、あのね、住吉さん、悪いけどおれ、こんな不気味な疫病神っぽいやつにかかずらっている暇なんて、その、全然ないんだけど……と眼で訴えかけるも、肝心のユリエはどこ吹く風。

なんでこんなことになったんだろう。二十年前の母方の伯父《おじ》、小湊隆弥《こみなとたかや》がらみの事件をみんなにサスペンスドラマふうに脚色して披露したのは、単にユリエの関心を惹《ひ》きたいという、ただそれだけの、ほんの軽い下心からだったのに。それがどうして、こんな予想もしなかった、めんどくさい展開に、と不条理感をもてあます海人はひとり、遥《はる》か彼方に置いてきぼり。

「小泊瀬くんが本ッ気でおもしろいミステリを書きたいのなら、あたしたち以外のひとの意見も幅広く聞いて、参考にしたほうがいいでしょ？」と連れてこられたのは黒い腕貫《うでぬき》を嵌《は》めた、鉛筆さながらに痩身《そうしん》の男の前だ。折り畳み式とおぼしき簡易机の前には、こんな貼り紙がしてある。

市民サーヴィス課臨時出張所
櫃洗《ひつあらい》市のみなさまへ
日頃のご意見、ご要望、なんでもお聞かせください
個人的なお悩みもお気軽にどうぞ

櫃洗市一般苦情係

「めんどうだけど、さっきの二十年前の伯父さんがらみの事件の話をこのひとに、もう一度してあげて。あ。なんならあたしが代わりに説明しよっか？」とユリエは簡易机に置いてある『ご利用者氏名一覧表』のバインダーに挟んであるボールペンを抜き、いちばん上の欄に本人の了解もとらずに『小泊瀬海人』と記入する。

「それはちがうんじゃないですか？　ユリエさん」横から口を挟んだのは阿藤江梨子《あとうえりこ》だ。海人へ向けた微笑はそのままで、なにやら意味ありげに腕貫男のほうを顎でしゃくってみせる。「ご自分の仮説がどれだけ的を射ているか、確認したいのはユリエさんのほうなんだから。相談の依頼主は小泊瀬さんではなくて、むしろユリエさんご自身のお名前を書き込むべきなのでは？」

「あーなるほど。でもそれを言うなら、阿藤さんだって、自分の考えがどの程度みん

なと被《かぶ》っているか、それともいないかを知りたいわけでしょ」ユリエは手を伸ばし、ボールペンの先端で海人が持っている大学ノートを、ちょこんと示す。「だったら、これは阿藤さんの相談でもあると」

「あんたはどうなの、葵《あおい》」

「おれ？」眼前の成り行きにはいっさい我関せず、といった態《てい》で鳥遊《とかなし》葵は江梨子に肩を竦《すく》めてみせた。「おれは、さっきも言ったけど、二十年前の一件は立て続けに受難の小湊隆弥さん実は犯人の巻、という小泊瀬さんの構想に異を唱えるつもりは毛頭ないから。別にどうでも」

江梨子とは従姉弟《いとこ》同士だという葵を、海人は複雑な気分で盗み見た。もしもこのやりとりを部外者が聞いたら、絶世の美女に無条件で味方してもらえる海人も隅に置けぬなどと見当ちがいの感想を抱く者もあるいはいるかもしれない。しかしどれほど見た目が超絶美人であろうとも葵は男で、つまりこれは女性ふたり・対・男性ふたりという意見対立構図なわけで……などとまとめると、なにやら推理合戦で真剣勝負の様相を帯びてきて、ただユリエといっしょにいたいがためだけに煽情的《せんじょうてき》な話題を提供した海人としては、ひたすら居心地《いごこち》が悪い。

「じゃあ相談の依頼者は、ユリエさんとあたし、ってことでいいのね？　葵は今回、傍観者？」

「傍観者っていうか、まあいつも通り、腕貫さんの推理をじっくり拝聴させていただく、ってことで」

江梨子だけではなく葵までしれっと、わけ知り顔なのが海人としては疎外感たっぷり。つまり、事件の真相を巡る対立見解に裁定を下すのが、このファンタジー映画に登場する、一見主人公の敵なのか味方なのか判然としない、謎の魔法使いみたいな不気味な男……ってこと？　腕貫男の人形さながらの無表情もさることながら、海人がもっとも気になっているのがユリエの妙に熱に浮かされたような物腰だ。

「でも、もう小泊瀬くんの名前、書いちゃったよ。まあいいか。この際、鳥遊くんも含めた、四人全員の相談だってことにしよう。それでもいいよね、だーりん？」

だーりん……って。ど、どゆこと？　だーりんてあの、いわゆるダーリン？　愛《いと》しい想いびととかそういう意味の？　この男が、住吉さんの？　それともおれの噴飯ものの聞きまちがい？　も、もう、どうなってんだよおこれはあ。誰か、なんとかしてくれ。思い悩むあまり、自分が持ちかけた二十年前の事件のことなぞ、もはやどうでもよくなってしまう海人であった。

＊

小泊瀬海人は住吉ユリエと同じ、地元国立櫃洗大の学生である。海人は医学部で、ユリエは人文学部だ。

もとは別の学校だった国立櫃洗医科大学が櫃洗大学に統廃合されたのは数年前。その関係で同じ大学でもふたりの在籍学部のキャンパスはお互いにかなり離れている。車でも片道二十分から三十分はかかる距離だが、一般教養課程は農学部や教育学部を含めた全学部の学生がユリエのいる人文学部棟もしくは理学部棟で受ける。従って新入生だった年度にはそうと気づかずにユリエとすれちがったりしていたかもしれないが、少なくとも海人のほうはその覚えがない。

海人もユリエと同じく地元出身なのだが、小学校から中学校、高校を通じてまったく別々の学校だった。従って本来ならそのまますれちがいの状態で大学を卒業し、交差する機会がなにもない、別々の人生を歩んでいてもおかしくなかったのだが。

それが先日、昔通っていた〈霧乃星《きりのほし》幼稚園〉の同期生の懇親会の招待状が海人のもとへ届いた。幼稚園の同窓会というのもあまり聞き慣れない催しだが、卒園時に埋めたタイムカプセルの中味をお披露目するついでに旧交を温めようという趣旨の食事会だった。ちょうど時間が空いていた海人はほんの気まぐれで、その会場を訪れる。そこでユリエに出会った、というわけだ。

正確には、再会したと言うべきだろうが、幼稚園時代の記憶がほとんど残っていない海人にとっては初対面も同然。それはユリエのほうも似たようなものだったのだろう。連絡先もあっさり交換してくれた。

眩《まばゆ》いばかりに美しく、魅力的に成長していたユリエに心ときめいた海人はこのとき、自分にとって未知の世界が新たに拓《ひら》けそうな予感に身体《からだ》が震えた。ユリエが有名な〈スミヨシ〉グループ現会長の孫娘という、正真正銘のセレブであることも小さくない要因だろう。父親が会社勤めで母親は専業主婦という平均的な中流家庭の出である彼にとって、ほんものの深窓の令嬢と付き合える機会なぞそうそうあるものではない。

しかし決してそればかりではない。従来の己れの価値観や物差しでは推し量れない、一般人は一生遭遇する機会のない特別な体験に恵まれるのではないか。いや、きっとそうなるはず。そんな非現実的で、めくるめく期待で胸が溢《あふ》れる。そんなある意味、子どもっぽい海人の夢想はほどなく、というより、あっさりと現実のものとなった。

ユリエはそれまでの海人が知っていたどんなおとなよりも強力でユニークな人脈に恵まれているのだ。同じ櫃洗大の学生に限ってみても、ミスキャンパス筆頭候補であるクールビューティ、阿藤江梨子。オタク系アイドルタイプ、安達真緒《あだちまお》。そしてミュージシャンにして女装家の鳥遊葵と、実に多士済々。

そんなユリエ主導の会合に都合が合えば招《よ》んでもらえるようになった海人はこれで彼女との距離を一気に縮められるかもしれないと欣喜雀躍《きんきじゃくやく》しながらも、やがて大いに戸惑うこととなる。飲み会の最中、ユリエたちはときおり唐突に「犯人は」だの「そういうトリック」だのといった非日常的な単語を連発するのだ。「一見被害者、実は加害者」だの「いや、一見加害者、実は被害者」というやりとりの末に「典型的な黒白反転パターンで」と締め括《くく》られたりする。

察するにみんな、ミステリ談義がお好みらしい。その熱心さからして海人は当然、ユリエたちが語り合っているのはドラマか映画か小説か、ともかくフィクションの世界の話だとばかり思い込んでいた。

ところがあるとき、明らかに学生ではない、社会人とおぼしき三十前後の男性が飲み会に混ざった。水谷川《みやかわ》という名前で、すっきり爽やかな男ぶり。いかにも気心の知れたその口調と態度からして、ひょっとしてユリエの彼氏登場か？　と海人はかんぐった。が、よくよく聞いてみたらば、なんと、水谷川は現職の刑事だというではないか。

ユリエの顔の広さもさることながら、海人がもっとも驚いたのは、警察官である水谷川が一介の学生たちのミステリ談義を軽んじるでもなく、自らもそれに対する意見を述べたりすることだ。至って大真面目《おおまじめ》に。

それどころか、どうやら場合によっては関係者や諸事項の実名などは伏せた上で、実際に彼が捜査に携わった事案を話題に提供したりしているらしい。そうと知った海人は、いいのかよそれ、と眉をひそめるいっぽうで、まてよ、と思い立った。これは自分にも使える手かもしれないぞ、と。

「実はさ、おれ、ミステリを書いてみたいなあ、とか思っているんだよね」

あるとき、海人はそう切り出してみた。ユリエ以外は阿藤江梨子と鳥遊葵のふたりしかいなかったので、好都合と判断したのだ。ユリエ主催の飲み会は二桁の大人数になることもめずらしくない。彼女の関心を自分に惹き付けるためにはなるべく参加者が少ないときを狙うに限る。もちろん理想はユリエとふたりきりの席だけれど、まあ四人くらいなら、いまのところは我慢しておこう。

「構想もひとつ、温めていて。それで長編作品をものして、江戸川乱歩《えどがわらんぽ》賞とか横溝正史《よこみぞせいし》賞とか、はたまた鮎川哲也《あゆかわてつや》賞とかそういう有名なミステリ新人賞を狙ってみたいと。でも、そういうのって、やってもだいじょうぶなのかなあ、という心配もあって」

「え。どゆこと、やってもだいじょうぶか、って？」

ユリエはグラスを口もとで止め、眼をしばたたいた。雑居ビルの二階に在る〈アルペジオ〉という、レトロモダンな内装のバルスタイルの店だ。いまはランチタイムだが、ユリエはセットではなく夜のメニューのアラカルトで、乾杯のシャンペンからワインに切り換えたところ。

「小泊瀬くんが書きたいというのなら、書けばいいじゃん。小説なんか、いくらでも。

好きなだけ。別にそれで他人に迷惑をかけるわけじゃなし」

「それが、迷惑をかけるかもしれないんだよね。というのも、完全なフィクションではなくて、実際に起こった事件を題材にしようと考えているから」

「セミドキュメンタリーというか、ノンフィクションふうの推理小説にしたい、ってことですか？」

江梨子は、もうこれで同席するのは数回目なのに、海人とは心理的距離を置こうとでもしているのか、その凍《い》てついたような美貌からはなかなか敬語が抜けない。

「いや、そこまできちんとしたものじゃなくて。あくまでも参考程度っていうか。フィクションはフィクションなんだけど、実際の事件の内容をどこまで具体的に使っていいものなのか。匙加減《さじかげん》がいまひとつ、よく判らないんですよ」

「世間的にどれくらい知られている事件なのかにもよるんじゃない？」ユリエはホタテとスモモのマリネに、よく冷えた白ワインを合わせる。「あたしたちも知ってる事件だったりするの？」

「どうだろう。知らないんじゃないかな。もう二十年くらい前の話だし」

「あたしたちが生まれるか、へたしたらまだ生まれていない頃？」

「少なくともおれは生まれてました」江梨子につられたのか、ユリエ相手にもつい敬語になってしまう。「まだ一歳にも満たない乳飲み子だったおれがぐずっているのをもてあましているところへ刑事が聞き込みにきて、いらいらしたって、おふくろが言ってた」

「刑事が？」最初は興味のなさそうだった葵が身を乗り出してくる。「小泊瀬さんのお母さんのところへ？　それはまたいったい、どういう経緯で？」

「それが、身内が起こした事件だったものだから」図らずも三人同時に瞠目《どうもく》されて、海人は少々のけぞり気味。「いや、身内といっても、おれの母方の伯母《おば》さんの夫だったひとなんですよ。つまり義理の伯父ってことになるんだけど。伯母さんはおれが生まれる前に病気で死んでいて、うちの家族とはとっくに疎遠になっていた」

「じゃあ小泊瀬くんはその伯父さんとの付き合いは全然？」

「一度も会ったことがない。だからその事件についても、だいぶ後になってから、おおまかなところを伝聞の、そのまた伝聞で、みたいな感じで。もう中学生にはなっていたのかな？　他人《ひと》ごとっていうと言葉は悪いけど、親戚がかかわった事件っていうより、ドラマの筋書きのような乗りで聞いたんだ」

「よっぽど興味深い事件だったんだね」ユリエは西貝のエスカルゴ仕立てのオイリィなスープをバゲットに、たっぷり浸す。「それを基にしてミステリ小説を書いてみたい、と思うくらいだもの」

「うん、まあね。事件といってもひとつだけじゃなくて、あれこれ立て続けに。三人死んだのかな、結局」

「三人？」

「本人を入れると四人か」

「大事件じゃん。いやもちろん、人数の問題ではないけれど、かなり有名な話なんじゃないの？　あたしたちが生まれる前後とはいえ、さわりくらいは聞いたことがあるかもしれない」

「どうだろう。その義理の伯父だけど、小湊隆弥といって」

「って。実名、出しちゃっていいの？　小説を書くときは変えるだろうにしても」

「そこらへんの対応の仕方も含めて、いろいろ聞かせてもらいたいんだよね、みんなの意見を」

「あたしたちの意見、って。いくら疎遠になっている、しかも故人とはいえ、義理の伯父さんをモデルにしてミステリを書くことの是非について？」

「それももちろんそうなんだけど、仮に小説にするとしたら、どういう改変やら脚色が効果的だろうか、とか。うん。喋《しゃべ》っていて思ったんだけど、いちばんアドバイスが欲しいのはそういう、技術的な面かも」

「おもしろく仕上げるにはどうしたらいいか、ってこと？　改変や脚色は必要だろうね。てか、基本フィクションを書こうというんだから、そのまんまじゃなくて、場合によっては事実と異なるディテールも挿入しないと、ストーリーが充分に膨らんでくれない。要はその塩梅《あんばい》でしょ」

「そう。そういうことだよね。世間的にはこういうかたちで結着しているけれど、実はそうじゃなくて、真相はこんな意外なものでした、っていう新解釈のひっくり返しが付け加えられれば、もう言うことなし」

　海人としては予想を遥かに上回る三人の喰《く》いつきの良さに勢いを得ての軽口であり、あまり真面目に考えての発言ではなかった。というより、そもそもミステリ小説を書くつもりなど最初から微塵《みじん》もなく、ただ一分一秒でも長くユリエと楽しくお喋りができればそれでよかったのだが。「なるほどなるほど。よっしゃ」と、そのユリエは海人がちょっと引くくらい大乗り気だ。

「了解りょうかい。では、気合い入れて聞くから。その二十年前の事件のことを、もっと詳しく説明してちょうだい」

「二十年という数字がどの程度正確かは判らないし、主要登場人物の年齢など、細かいところはすべて便宜的なものとして聞いてください」ユリエから江梨子へ視線を移した拍子に無意識に敬語になった海人は、締め括りの確認を求める意味で葵に頷《うなず》いてみせる。「主役である小湊隆弥は当時、六十歳にはまだなっていなかったはず。五十代前半くらいだったことにしておきましょう。彼の妻であるおれの伯母さんはもうその何年も前に病死していたので、独身だったんだけど、娘がひとりいて。名前、なんていったっけ。日向子《ひなこ》だったかな？　まあ、関係者各位の名前も年齢と同様、すべて便宜的な仮名のつもりで聞いてください」

その娘は当時結婚していて、小湊から栗秋《くりあき》日向子になっていた。とうに妻に先立たれていた小湊隆弥は再婚もせず、独り暮らしだったという。

「小湊は某大手航空会社の社員で、具体的な業務内容なんかはよく知らないんだけど、若い頃は国内のみならず、海外でも勤務先を転々としていたみたい。でも当時は櫃洗空港に勤めてた」

便宜的に二十年前の、何月なのか季節も不明な某日。櫃洗署に、ひとりの男が現れる。そして応対した署員に「ひとを殺してしまったので自首する」と伝えた。男の着ている白いTシャツには黒ずんだ血痕とおぼしき、だんだら模様ができている。

「その自首した男というのが、小湊隆弥だった。彼は警察官たちに、署に乗りつけた自分の車のなかを見せた」

後部座席のシートには若い女が、身体を丸めるようにして横たわっている。服のあちこちが裂け、血まみれの状態ですでに、こと切れていた。シートの足もとには、これまた血染めのサバイバルナイフが落ちていて、小湊はそれで彼女を刺殺したことを認めたため、緊急逮捕となった。

「殺されたその女性はどこの誰だれさんか、という話に当然なるよね。ところが小湊は、全然知らないひとです、今日初めて会いました、と答えたというんだ」

小湊の供述によるとその日、仕事が休みだった彼は自宅で寛《くつろ》いでいた。そこへ見覚えのない若い女性が訪問。小湊が戸惑っていると、彼女は某生命保険会社の名前を挙げ、この地区の新しい担当になったのでご挨拶に回っています、と自己紹介。お勧めの新商品の説明に少し時間をもらえないかと打診された小湊は、特に急用がなかったこともあり、彼女を自宅へ招き入れたという。

「するとリビングへ上がり込んだ女は態度が豹変《ひょうへん》。隠し持っていたサバイバルナイフを振り回し、襲いかかってきた。わけも判らず小湊は逃げ惑う。なんとか彼女を押さえつけ、凶器を奪おうとしているうちに誤って彼女を刺してしまった。気が動転し、興奮状態に陥っていたためよく憶《おぼ》えていないが、必死で抵抗するあまり、すでに彼女が勢いを失っているのにもかかわらず、何度も何度も刺してしまったような気がする、と」

はっと我に返ると、女は血の海に沈み、ぴくりとも動かない。死んでしまった。これは困った。どうしたらいいんだろう、と小湊は焦ったという。

「自分としては完全に正当防衛なんだけど、これだけ執拗《しつよう》に相手を刺してしまった以上、その言い分は通らない。過剰防衛で罪に問われることになるかもしれない。一旦そう思うと怖くなり、死体を処分しようと決めた。どうせ初めて会う女だし、どこか遠くへ遺棄してきて、知らん顔をすれば誰にも判りっこない、と」

女の遺体を台車に積み、自宅のガレージへ運んだ。ところが遺体を車の後部座席に積み込む作業だけで小湊は精も根も尽き果ててしまった。山か海かへ遺棄してくるつもりで車を出したものの、ハンドルを操るのも億劫《おっくう》なくらい消耗しており、もはや適当な場所を探し回る気力も残っていない。

「で、諦めて自首することにしたって？　なんつーか、いきなり胡散臭《うさんくさ》さ全開だな」

にやにや不敵な微笑を浮かべたかと思うや、しかつめらしく強張《こわば》った表情に激変したり、海人の話を聞きながらユリエの反応はいちいち、せわしない。「もしも自分の死なせた相手が保険会社の勧誘員を名乗る見知らぬ女だというのがほんとうのことなら、抵抗する勢いあまって刺してしまったんだと、最初っから素直に認めればそれですんでいたのに」

「不自然極まりないですよね」無意識にそんなユリエの百面相に同調でもしているのか、普段はクールな表情をあまり崩さない江梨子も眉根を寄せたり、口角を上げたり。

「過剰防衛に問われるのが怖かった、というのは一見もっともらしいけれど、もしも自分の反撃が正当なものだと心底信じていたのなら、台車なんか持ち出してこないで、さっさとその場で通報していたはず」

「その点は警察も厳しく追及したでしょうね、きっと」海人は海人で、いつになく熱っぽく表情豊かな江梨子が妙に気になる。「なんだか変だ、って誰だって思うもの。刃傷沙汰《にんじょうざた》が起こって、自分がまさにその血染めのTシャツを着たままなのに、いきなり見ず知らずの女に襲われたんだ、理由にはなんの心当たりもないんだ、そもそも彼女がほんとうは何者なのかすらも見当がつかないんだ、なんて主張されても、ね」

「ほんとうは何者なのかすらも見当がつかない、ときたか。なんだかまるで、その女性が実際は保険会社の人間じゃないことだけはちゃんと判っている、みたいなものいいだね。いやもちろん、小泊瀬くんの説明はすべて伝聞のそのまた伝聞によるもので、小湊隆弥の供述を一言一句、正確に再現しているわけではないんだから。こういう言葉の綾《あや》をいちいち指摘するのが、ただの揚げ足とりだってことは重々承知しているんだけどさ」

「たしかに。そもそもこれらはすべて部外者の頭のなかで再編集された昔話で、全面的に信頼に足りる内容ではない、ということは常に念頭に置いて聞いて欲しい。ただ、なにもかもが裏づけに欠ける曖昧な話ですっていうんじゃ、いくら正確を期するためとはいえ説明にめりはりをつけられなくなるから、ところどころ、おれの独断で事実認定する箇所が出てくる。そのことをご了承ください」

「なるほど。小泊瀬くんが既成事実として語る部分はすべて、あたしたちは無条件に既成事実として受け入れたうえで考えればいい、と。そりゃそうよね。別に現実に則した検証や推理をしなければならない義務はない。ミステリ小説として、どうアレンジするかを考えるという趣向だもの」

「まさにそういうこと。で、話を戻すけど。死んだ女の素性にまったく心当たりがない、という小湊の言い分を全面的に信用していいものかどうかは、たしかに疑問が残る。ただ、彼女と面識がなかった、という主張は一概に否定しきれないんだ」

「え。どっちなのよ。小湊は彼女を知っていたの。それとも知らなかったの？」

「彼女と直接顔を合わせたのはそのときが初めてだった、というのは、もしかしたらほんとうのことかもしれない。しかし彼女の正体が生命保険会社の勧誘員なんかではないことは最初から知っていたかもしれない、と。そういう意味なんだ。って。なんだかややこしくてごめん。順番に説明すると、死んだ女性の身元は、やがて警察の調べで明らかになった。名前は宍倉暎華《ししくらえいか》、便宜的年齢は二十五歳くらいにしておくね」

市内の総合病院に勤める看護師で、当時三歳くらいの息子を育てるシングルマザーだった。死亡した時点で正式には離婚が成立していなかったが、夫とは結婚直後からずっと別居状態が続いていたという。

「小湊と生前の宍倉暎華との関係なんだけど、実はこれがなんにもなし。警察もかなり入念に調べたものの、ふたりのあいだには接点らしい接点は皆無だった。えーと。

こういう注釈を入れるのはもしかしたら反則かもしれないけれど、小湊と宍倉暎華はお互いにそれまで面識すらなかった。それは事実だと、とりあえず了解して欲しい」

「その点に関して、警察捜査に遺漏はなかった。その前提で聞いてもなんの問題もない、ということね？」

「そういうこと。しかし、いきなり前言を翻すようであれなんだけど、実際に小湊が宍倉暎華の遺体といっしょに警察へ自首したという事実がある以上、ふたりはなんらかのかたちで接触を果たしていたはずだ。そこで改めて問題になるのが小湊の供述の信憑性《しんぴょうせい》で。宍倉暎華のほうが彼の自宅へやってきたんだ、と小湊は主張しているけれど、それはほんとうなのか？　実は逆だった、という可能性はないのか」

「ふむふむ」ユリエは顎を撫《な》でた。「彼女のほうがうちへ乗り込んできた結果、事件が起こったんだと小湊は主張しているけれど、彼が車を運転して警察署まで遺体を運んできたのが、はたしてほんとうに自宅からだったのかどうかまでは判らない……と」

「小湊の自宅を調べると、たしかにリビングには血に染まったカーペットが放置されていた。小湊の着ていたTシャツの血痕ともども、それが宍倉暎華のものであるとの鑑定結果も出たそうだけど。どうなんだろうね」

「Tシャツは小湊本人が着たままで移動は自由自在だし、カーペットだって、どこか余所《よそ》から運び入れておいて、もとからうちにあったものだ、と偽ることもできる。その気になれば」

「小湊が宍倉暎華を刺したのは自宅じゃなくて、どこか別の場所かもしれない。つまり、彼女が小湊家を訪問したんじゃなくて、彼のほうから宍倉暎華に会いにいった、そこでなんらかの諍《いさか》いになった結果の凶行だったのではないか、と」

「うん。そこは検討の余地がありそうだ。大いに」

「だとすると、その日に初めて会ったという主張はともかくとしても、彼女の素性になんの心当たりもないという言い分は極めて怪しくなってしまう。だから小湊としては、宍倉暎華のほうが保険会社の勧誘員を名乗って自分の家へやってきたんだ、ということにしておきたいんじゃないかと」

「現場が別のところだとなると、小湊の正当防衛という主張も微妙に揺らいでくるもんね。殺意の有無はともかく、彼女に対してなにか、よからぬ企《たくら》みをもって会いにいったかもしれない、という疑いも出てくる」

「一時はその可能性がかなり有力視されて、警察も入念に捜査したらしいけど……」

「そうじゃなかった？」

「いろいろ不明瞭な点はあれど、結局なんらかの理由で宍倉暎華のほうが小湊家へ押しかけたんだ、という結論に落ち着いた」

「へえ。それはどうして？　なにかよっぽど強力な根拠でもあったの？」

「あったんだよそれが。凶器となったサバイバルナイフなんだけど。宍倉暎華が事件の前日にホームセンターで購入したものだ、と確認されたんだ」

「え。ほんとに？」

「ホームセンターの防犯カメラにも、その様子がばっちり映ってたんだって」

「わざわざ凶器を用意していた……」シャラン鴨《がも》のコンフィをナイフとフォークで切り分ける手をユリエは、ふと止める。「小湊隆弥を襲うために？」

「それが目的だったかどうかはともかく、宍倉暎華のほうから行動を起こしていたことはたしかなんだよね。こうなると、細かい疑問点はあれども大筋で、ことの経過はほぼ小湊の供述通りだったのだろう、と判断せざるを得ない。宍倉暎華はサバイバルナイフを携えて小湊家に乗り込み、そこで彼に返り討ちに遭ったのだろう、と」

「宍倉暎華の襲撃の動機は不明なものの、小湊側の行為は正当防衛だった、というかたちで結論が出たわけか」

「でも、彼女の遺体を車に積んで、処分しにいこうとしたんだよね、小湊は」葵は大皿に盛られたスモークサーモンのサラダを人数分、取り分ける。「その罪には問われたりしないの」

「死体遺棄罪といっても、未遂だしね。起訴できるほどの案件ではないんじゃないかな。むしろ、小湊の主張が全面的に受け入れられたのならば、宍倉暎華のほうが殺人未遂の罪に問われかねないわけで。被疑者死亡のまま書類送検にまで至るものかどうかは判らないけれど」

「だよね。ともかくこの件に関しては一旦これで落着した。で、次の事件は、その数ヶ月後。いや、こちらは事件ていうより、事故なんだけど」

「事故?」

「どこか市街地の広い交差点で。東から西へ直進していたセダンが、信号が変わる直前に右折しようとしたトラックと衝突したんだって。衝撃で撥《は》ね飛ばされたセダンは角の建物に突っ込んだ。信号待ちをしていた歩行者数人がそれに巻き込まれて、そのうちのひとりの女性が死亡した。便宜的な名前と年齢は薄田《うすだ》瑞穂《みずほ》、二十五歳。セレクトショップかなにかの店員だったらしい。さて。またしても無粋な釘《くぎ》を刺しておかなくちゃいけないんだけど。この一件自体はほんとうに、ただの事故なんだ」

「ほう」ユリエはシャラン鴨の骨に手づかみで、かぶりつく。「ただの事故、ね」

「トラックの前方不注意が原因で、歩行者たちにまで被害が及んだことも含め、なんの作為もなかったし、事件性もいっさい認められない。薄田瑞穂がその交差点で信号待ちしていたのは純然たる、そして不運な、偶然に過ぎなかった」

「でもさ、単なる事故だったってことをそこまで強調するからには逆に、なにかあるんじゃないの」

「死亡した薄田瑞穂以外にも数人、この事故に巻き込まれたひとがいるんだけど。そのうちのひとりが……小湊隆弥なんだ」

予想していたような劇的な反応は三人から返ってこない。で？　と先を促す眼で、じっと海人を見つめてくる。「……小湊は幸い掠《かす》り傷程度だったらしい。これだけなら別にどうってことはない、というか、なんの注目にも値しない話なんだけど、問題は薄田瑞穂が宍倉暎華の友人だったということ。しかも、かなり親密な」

ユリエたちの表情が微妙に緊張を孕《はら》むのを確認してから海人は続けた。「宍倉暎華は亡くなる直前、自分の男性関係にまつわる悩みを薄田瑞穂に打ち明けていた……という証言が、ふたりの周辺から出てきた。宍倉暎華はどうやら夫以外の男と不適切な関係に陥ったうえ、トラブルになっていたらしい。このままだと自分はいずれ感情的に爆発し、刃傷沙汰を起こしてしまうかもしれない、どうしたらいいんだろう、と。そんなふうに薄田瑞穂に相談していたんだとか」

「宍倉暎華のその不適切な関係の相手というのが小湊隆弥……」葵は自分の言葉の途中でかぶりを振った。「なわけはない、か。小湊と宍倉暎華のあいだにはいかなる接点も見受けられなかった、と警察の調べで明らかになっているんだもんな」

「そうなんだ。普通なら世のなかにはこんな偶然もあるんだなあ、で終わるところなんだけど。他の歩行者たちから気になる証言が出てきた。曰《いわ》く、衝突事故が起こる直前、薄田瑞穂は信号待ちをしながら傍らの小湊と、なにか話し込んでいた……というんだよ」

「話し込んでいた。それは具体的には、どういう様子で？」ユリエは険しい表情。

「楽しげに？　それともなにか深刻そうに？」

「そこまでは判らないけど。薄田瑞穂が宍倉暎華と友人同士であることに着目した捜査官もちゃんといて、どの程度ストレートにかはともかく、小湊に問い質《ただ》したそうだ。正当防衛で宍倉暎華を死に至らしめたとされるあなたが、よりによって彼女の親友である薄田瑞穂が事故死した現場にも居合わせたのは単なる偶然なのですか？　と」

「なんて答えたの、小湊は」

「偶然もなにも、信号待ちしていたとき、自分には連れなどおらず、ひとりだったとしか答えようがない、と」

「でも、薄田瑞穂とおぼしき女性と喋っているところを他の歩行者たちに目撃されているんでしょ。その点については？」

「すぐ隣りに立っていた女性に道を訊《き》かれたが、知り合いではない。それまで会ったこともない、そのときたまたま往《い》き合わせただけの相手だ、と」

「会ったこともない、という言い分についてはともかく、道を訊かれただけ、ってことはないでしょうね、十中八九」江梨子は赤ワインをユリエのグラスに注《つ》ぐ。「だって、賭けてもいい。おそらく薄田瑞穂のほうは、そこにいるのが自分の親友を死に至らしめた小湊隆弥という男だと承知のうえで、彼に接触を図ったはずだもの」

「道を尋ねるふりをして話しかけ、様子を見ながら宍倉暎華のことをあれこれ探り出すつもりだったのかしらね？　宍倉暎華が小湊家へ赴いた後の行動とか、そのときのふたりのやりとりなどについて」

「なるほど。そしたら本題に入る前に、不慮の衝突事故に巻き込まれてしまった、と」ユリエが江梨子からデキャンタを受け取ってグラスに注いでくれた自分の分の赤ワインを、葵は照明にかざし、頷いた。「そういうことだったのかもな」

「さて」三人の呼吸の合ったやりとりに少し疎外感を覚えた海人だったが、すぐに気をとりなおす。「三つ目の事件に行こう。現在は廃業して、なくなっているけれど昔、中央公園の近くに在った〈櫃洗国際観光ホテル〉って知ってる？　仰々しい名前だけど実情は貧相な、ビジネスホテルに毛の生えたような代物だったらしい。その客室で若い女性の変死体が発見されたんだ。前日にチェックインしたばかりだったその女性はアメリカ人観光客、クラウディア・ウエルス、三十歳。ちなみに被害者の国籍、氏名、年齢はすべて例によって仮のものなので、ご了承ください」

「仮名のわりには、なんだか凝ってるね。クラウディア・ウエルスって。ハリウッド女優みたいな響きで」

「もちろんそこは、エマ・ストーンでもジェシカ・チャステインでもなんでもかまわないんだけれど」無意識にご贔屓《ひいき》の女優の名前を挙げ、個人的趣味を露呈してしまう海人であった。「その日の午前十一時頃。清掃作業のために部屋に入った業者が彼女の遺体を発見した。頭部をなにかで殴打されて抵抗力を奪われたうえで絞殺されたらしい。その時点で死後一時間も経過していなかったという。ベッドに俯《うつぶ》せに倒れていた被害者も外出着のままだった」

「というと、どこかへ出かけていたか、それとも出かけようとしていた？」

「中央公園を散歩がてら、近くの喫茶店でモーニングセットをとって、ホテルへ戻ってきたところを襲われたものと見られる。店の従業員も、普段は見かけない外国人客である彼女のことをよく憶えていた。朝食を終えてその喫茶店を彼女が出たのは、午前九時半頃だったんだって」

「それが生きている彼女の姿が目撃された最後？　てことは、犯行時刻は午前九時半から十一時までのあいだと、かなり絞り込まれているわけだ」

「このクラウディア・ウエルスってひと、母国でなにをしていたのかよく判らないんだけど、ともかくそれが初めての来日だったんだって」

「へえ？　初来日でわざわざ櫃洗へ？　なにがお目当てだったのかな。観光目的でこんなところを選んだとは、ちょっと思えない。いや、決して地元民の自虐ばかりではなくて、これまでの話の流れからして」

「暴行や強盗目的の単なるゆきずりの犯行だという可能性はすぐに否定された。彼女の着衣に特に乱れはなかったし、パスポートをはじめ貴重品の類いもすべて手つかずだった。なにか個人的な事情に絡んで事件に巻き込まれたとしか考えられない。となると、そもそも彼女は初来日にあたって、なぜわざわざ櫃洗へやってきたのか？　その理由が問題となるわけだけど、肝心のその点がどうにも曖昧模糊《あいまいもこ》としている」

「自国の関係者はなにか知らないの？　彼女の家族とか知人はどう言っているの」

「日本には知り合いに会いにゆく、としか聞いていなかった。ただ彼女のその口調からして、どうも男性ではないか、という印象を抱いたひともいたみたいだね」

「彼女がわざわざ日本の櫃洗くんだりまで会いにきていた男の素性について、なにも手がかりはないの？」

「携帯のメールや通話記録、アナログな手書きの日記や私信に至るまで、あちらの警察の協力も得ていろいろ調べたらしいんだけど、どうもこれといった成果がない。と、そこへ浮上したのが意外な人物で。って、そもそもこの話の前振りと流れからしてバレバレなんだけど……小湊隆弥」

「そういえば小湊は某大手航空会社に勤めていたんだっけ」ユリエは我が意を得たり

とばかり、指を鳴らした。「国内のみならず、海外各地でも勤務経験があった。なるほど。その過程でクラウディア・ウエルスなる女性と知り合っていたんだ？」

「そういうこと。クラウディアが来日した際に使った国際線のチケットは、どうやらバディパスだったらしくて」

「バディパス、って？　ああ。格安航空券のこと？」

「そう。航空会社の社員の家族が特典で使えるファミリーパスっていうのがあるけど、そのお友だちバージョンだね。それをクラウディアのために手配したのが他でもない、小湊だったと判明した。当然、被害者とはなにか個人的なつながりがあったはずで、小湊は警察の取り調べを受けることになった」

クラウディア・ウエルスとは知己だったこと、彼女のために格安航空券を手配したことなどを小湊は認めたという。「かつての海外勤務地で知り合い、親しくなったんだって。男女関係もあったという。来日した彼女を欋洗空港へ迎えにいったことなども認めたんだけど。事件当日はクラウディアには会っていない、と関与については全面的に否定した。一応、アリバイも主張して」

「一応？　なに、一応、っていうのは」

「小湊は事件の前夜から当日の午過《ひるす》ぎまで、自宅で飲んでいたというんだ。加登岡政馬《かとおかせいま》という、三十くらいの自称フォトグラファーの男といっしょに」

「自称というと、素性が怪しげなひとなの、その加登岡なにがしって?」

「観光協会から委託を受けて地元PR冊子の製作や写真集などに携わっていたことはたしからしい。ときおりフリーランスで外国人観光客相手のツアーガイドなども請け負っていたそうだけど、どこかに勤めているわけじゃなくて基本ぶらぶらしていることも多かったせいか、ひとによっては堅気じゃないというか、遊び人のようなイメージを抱いていたりしたみたい。でも、問題はそこじゃなくて、加登岡ってひとが小湊にとっては限りなく身内に近い存在だった、ってこと」

加登岡政馬はかつて小湊隆弥の妹、千佐子《ちさこ》の夫だったという。その時点では離婚してすでに数年経過していたものの、小湊とは一時期、義理の兄弟という関係だったわけだ。

「なるほど。限りなく身内に近い、ってそういう意味か。そうなると犯行時間帯に小湊の自宅で彼といっしょに飲んでいたというその加登岡なにがしのアリバイ証言の信憑性が問題になってくるわけね」

「え。ちょっとまって」江梨子は眉根を寄せた。「小湊は五十代前半で、その加登岡は三十歳くらいなんでしょ。もちろん各登場人物の年齢設定が大雑把なことは承知しているけれど、つまりふたりは、へたしたら親子くらいの年齢差があるわけですよね? てことは小湊は、その妹の千佐子ともかなり歳《とし》が離れていた、ってこと?」

「正確なところは不明だけど、小湊千佐子は四十代後半くらいだったんじゃないかな。たしか加登岡よりも、ひと廻《まわ》りくらい歳上の姐《あね》さん女房だったたって話だから」

「ふうん。じゃあ離婚したのはやっぱり、その年齢差の壁を乗り越えられなかった、ってことかな」

「かもしれないね」江梨子、ユリエ、葵と順番に海人は頷いてみせる。「でも小湊は、かつての義理の弟だった加登岡と、妹との離婚後も交流があったんだ。つまり……」

「小湊は加登岡に、アリバイの偽証を頼んだのかもしれない、ってこと？　クラウディア・ウエルスが殺害された時間帯、自宅でいっしょに飲んでいたことにしてくれ、と？　でもさ、いくら一度は義兄弟だったという間柄だとしてもだよ、なにしろ、ことは殺人事件なんだからね。そこまで義理立てするほど深い仲だったのかな？」

「かもしれないね。そもそも小湊と加登岡って、加登岡が千佐子と結婚する前からの付き合いだったらしい。なんでも、ふたりとも同じインディーズ系バンドの熱烈なファンで、ライブハウスで知り合ったとか、そんな話じゃなかったかな。あ、そういえば、憶《おも》い出した。宍倉暎華を死なせて警察に自首したときに小湊が着ていたのが、そのバンドのオリジナルTシャツだったんだってさ」

「自分でも音楽活動、してたの？」

「小湊が？　いや、そこまでは知らないけど、やってなかったんじゃないの。もっぱら聴く専門で。そのつながりで加登岡と知り合った。そもそも加登岡が千佐子と結婚したのも、小湊がふたりを引き合わせたから、らしいよ。だから、その夫婦生活が解消された後も、小湊と加登岡はずっと友だち付き合いを継続していた」

「じゃあますます、親友の誼《よし》みで事件当日の現場不在証明の口裏合わせをした可能性は無視できなくなったわけか」

「無視できなくなったどころじゃない。実際に加登岡は偽証していたんだ」

一瞬、沈黙が下りた。「小湊は警察の事情聴取を受けた後、亡くなった。繁華街の雑居ビルから跳び下りて」

「自殺した……ってこと？」

「遺書はなかったけど、そう判断された。というのも加登岡は小湊にはないしょで、栗秋日向子に相談を持ちかけていて」

「栗秋？　って誰だっけ。あ。小湊の、ひとり娘の栗秋日向子。てことは、ええと、小泊瀬くんの従姉《いとこ》に当たるわけね」

「伯母さんの娘だから一応血はつながっているんだけど、小湊家ともずっと疎遠になっていたから、その日向子ってひとにもこれまで一度も会ったことがない」

「お互いの家の冠婚葬祭とかには？」

「全然。こっちも行ったことないし、あちらも来たことない。もともと小湊隆弥ってひと、義理の両親、つまりおれの母方の祖父母とは折り合いが悪かったらしいんだよね。うちのたいせつな娘があんな性根の腐った男と結婚だなんてとんでもない、絶対に許さん、とかってドラマはだしの修羅場。結局伯母さんとは、かけおち同然で結ばれたみたい。だから伯母さんが亡くなった後の小湊は、ひとり娘もろとも、うちの親戚とは完全に絶縁状態」

「じゃあ小泊瀬くんは、その日向子さんの顔も知らないの？」

「一度、写真かなにかを見たことがあったような気もする。よく憶えていないけど。いま、どこでどうしているんだろ。生きていたら、もう五十近いくらいの歳か。あ。そうだ。そういえば写真じゃなくて、あれはもう十年くらい前かな。おふくろがテレビのローカルニュースを観《み》て、これって日向子ちゃんのことじゃない？　とかって騒いでたような気が……って。それはともかく」

小湊からアリバイの偽証を頼まれたことを加登岡は日向子にだけ、こっそり打ち明けていたのだという。「加登岡が言うには、当初は小湊を信じていたから偽証を引き受けた。しかし警察に対して嘘《うそ》をつくことは予想以上に精神的に負担が大きい。友人を信じたい気持ちに変わりはないものの、もしも万一、小湊が事件にかかわっていたりしたらと思うと、いたたまれない。このまま偽証を続けていいものだろうか。ほんとうに小湊が無関係なら、むしろ当該時間帯に彼は自分といっしょにいなかったと、偽りのない真実を証言したほうがいいのではないか、と」

「いろいろ思い悩んで、小湊の娘の日向子に相談したわけか。もちろん小湊にはないしょで、よね。でも小湊は……？」

「うん。加登岡からか、日向子からか、それとも両方からか。ともかく不穏な気配を察知したんだろうね。友人と娘から罪を告発されるよりはいっそ、と自ら死を選んだ」

　葵が注いでくれたワインを飲み干し、海人はゆっくり頷いてみせた。「二十年前の事件のあらましは、ざっとこんな感じ。で、いまおれが考えているのは、この三つの事案を全部、なんらかのかたちでつなげられたら、おもしろいミステリに仕上げられるんじゃないか、ということなんだ」

「三つ？」ユリエは指折り数える。「宍倉暎華の傷害致死、薄田瑞穂の事故死、そしてクラウディア・ウエルス殺害事件、その三件で全部って意味？　最後の小湊隆弥の跳び下りの件は？」

「それを含めると四つだけど、小湊は自殺なんだし。死人に口なしみたいで気が引けるけど、クラウディアだけじゃなくてあとのふたりも、三人の女の死はみんな、小湊の仕業だったという筋書きにしようかな、と。最初の宍倉暎華も二番目の薄田瑞穂も実は正当防衛や事故なんかじゃなくて、なんらかのトリックで小湊に意図的に殺された、というストーリーに仕立てられれば……」

「どうやってそう仕立てるか、具体的な方法はさて措《お》き、なによりもまず、殺害の動機が必要となるわよね」ユリエは腕組みして、視線を虚空に据える。「いちばん重要なのは宍倉暎華を殺す理由。これさえ設定できれば、二番目の事件の動機は、彼女の死は正当防衛でもなんでもなく、故意の殺人だったと気づいた薄田瑞穂の口封じのため、ということにできるから」

「なるほど。第一の殺人が第二の殺人を呼んでしまう、と。ドミノ倒しみたいにしてゆくわけだ。うまい手だね」

「クラウディア・ウエルスの件をどう関連づけるかを考える前に。小泊瀬くんとしては、宍倉暎華殺害の動機をどうするか、なにか腹案はあるの？　小湊と生前の宍倉暎華のあいだになんらかの接点があったことにしなきゃならないけれど、そんなものはなかったと警察が保証している以上、これはなかなかハードルが高そう」

「そこはフィクションの特権で、融通を利かせて。実は警察の捜査には見落としがありました、ってことに……」

「はああッッ？　なんですとおおおッ？」

「し、しか、た、仕方ないじゃないか」ホラー映画に登場するゾンビさながら、眼球と歯を剝《む》き出しに迫ってくるユリエに、いまにも取って喰らわれそうな恐怖を覚え、海人は本気でびびってしまった。「だ、だってさあ、多少むりやりにでも、さあ。周囲には気づかれていなかったけれど実は小湊は宍倉暎華と親しい仲だった、ってことにでもしないと、話が前に進まないよ」

「そんな安易なやり方、たとえ世間が赦《ゆる》しても、あたしは絶対に認めないわよ。だいたい後になってから、だなんて……ん？」いまにもテーブルをひっくり返して暴れ出しそうだったユリエはふと、冷静になって、椅子に座りなおした。「まてよ。あ、そうか。なるほど。つまり、クラウディア・ウエルス殺害事件が起こり、小湊が跳び下り自殺をしたからこそ、それによって第一の事件で見落とされていた事実が浮かび上がってくる、という展開にするってこと？」

「え。えと……」ユリエの圧から逃れようと椅子から転げ落ちかけていた海人も、なんとか座りなおす。「ど、どういうこと？」

「加登岡にアリバイを偽証してもらった、にもかかわらず小湊は自殺した。それは、いつ加登岡が証言を翻すか判らない、という不安ゆえ。つまりクラウディア・ウエルスを殺害したのはやっぱり小湊だった、という結論に舞い戻ってくることで、ふたりをつなぐ接点が改めて問題となる。そう。それこそがバディパスなんだ」

　海人はまだ、ぴんときていない。先刻のユリエの鬼の如《ごと》く激怒した形相の残像がまだ生々し過ぎて、動悸《どうき》がなかなか収まってくれないせいだ。

「つまりクラウディア・ウエルスがそうであったように、宍倉暎華もまた小湊に格安航空券を手配してもらえる程度には親しい関係だったのでは？　そう当たりをつけて警察は再度、調べなおしてみる。そしたら案の定、小湊が宍倉暎華にもバディパスを提供していた事実が確認された、と。小泊瀬くんは、そういうストーリー運びにしよう、と考えているわけ？」

「すごいや、住吉さん」そこまで深く考えていなかった海人は手放しで感嘆し、子どものように拍手した。「そう。そうなんだよ。そういうことなんだよねまさに、おれの欲しかったアドバイスって。いやあ、なるほどなあ。そういう手があるんだ」

「いや。いやいやいやいや。小泊瀬くん、ダメだよ。これじゃあまるで駄目。アンフェアとまでは言わないけれど、後出しジャンケン感が半端ない」

「そ、そうかなあ？　警察がそれを見落としてしまったのもむりはないと読者が思えるような伏線さえ張っておけば、なんとかなるんじゃない？　要は書き方次第だよ。そうすれば宍倉暎華が事前にサバイバルナイフを購入していた事実にもうまく、ストーリーをつなげられるし」

「どんなふうに？　例えば宍倉暎華は小湊の自分に対する殺意を察知して、自己防衛のために武器を用意していた、とか？」

「うん。ふたりが親密な関係だったとしたら全然おかしくないでしょ、そういう流れになったとしても」

「二番目の薄田瑞穂はどうするの。ほんとは衝突事故じゃなくて、やっぱり小湊が殺したってことにするわけ？　どうやって？　まさか、セダンとトラックの運転手、両方を事前に抱き込んだうえで、すべてのタイミングを絶妙に合わせ、現場となった交差点の立ち位置へピンポイントで薄田瑞穂をうまく誘導したとか。それってなんていう超能力？　ってツッコミを入れたくなるような禁じ手じゃないでしょうね」

「うーん。なにかトリックを仕掛けるにしても、さすがにそれは……ちょっと厳しいかなあ。だいいち自分も無傷ではすまないリスクもある。実際、小湊は事故に巻き込まれているわけで。それを事前に見越していたとしても、さて、自分だけ軽傷ですませられるような奇手なんてあるのかな」

「よしんば、なんらかの方法でうまく事故を演出できたとしても、それで確実に薄田瑞穂を殺せるという保証はない。大怪我《おおけが》を負ったけど生きてました、命に別状はありません、なんてオチになったらどうするの。目も当てられない」

「まさしくそういうことだよね。でもさ、たしかに衝突事故を装って薄田瑞穂を殺すことは不可能っぽいけど、小湊は別の方法を考えていたのかもしれないだろ」

「別の方法？　どういう？」

「具体的には想像するしかないけど、とにかく確実に彼女を亡き者にする方法さ。その機会を窺《うかが》うために小湊は薄田瑞穂に接触を図ろうとしていたんだ。その矢先、突然起こった衝突事故によって彼女は命を落としてしまった。小湊が自ら手を下す前に、ね」

「薄田瑞穂を殺害する動機は？　彼女が小湊と宍倉暎華の関係を知っていたから、でいいの？」

「さっき住吉さんが提案してくれたとおり、殺意の連鎖さ。薄田瑞穂はそのネタで小湊を脅迫しようとしたのかもしれない。弱みを握られ、強請《ゆす》られたら殺意が湧くのは自然な流れだろ。薄田瑞穂の口封じをしようとあれこれ殺害計画を練っていたら偶然、自分も居合わせた場面で衝突事故が起こった。結果的に自分の手を汚すまでもなかった小湊にとっては、なんともラッキーだったわけさ」

「じゃあ、クラウディア・ウエルス殺害事件は？　先のふたつの事件とは、どういう関係があるの？」

「小湊がクラウディア・ウエルスを殺した動機は多分、痴情のもつれとかその類いで、宍倉暎華や薄田瑞穂の件と直接の関係はないんだ。ただし、クラウディアが殺害されたことで浮上する重要なポイントがある。これも住吉さんが指摘してくれたじゃないか。そう、バディパスだよ。彼女の来日の経緯と過程が明らかになることによって、一見なんのつながりもなさそうだった小湊と宍倉暎華の関係をも浮き彫りにさせられる、と」

「そういう執筆上の要請、というか、登場人物たちの接点の有機的構成要素としてクラウディア殺害事件をストーリーのなかに配置しよう、って魂胆か。要するにフィクションの技法以上の意味はないのね。加えて原稿の枚数も稼げるし」

「そう言っちゃうと身も蓋もないけど、プロットとしてはなかなか悪くないでしょ？」

「さっきも言ったけど、そういうつなげ方って、やっぱり後出しジャンケン感を払拭しきれないと思うんだよね。たしかにクラウディアの事件が起こったからこそ格安航空券が注目され、小湊の職業が改めて問題視される、という流れは悪くないわ。うん。あくまでもその流れ自体はね。警察が調べても出てこなかった小湊と宍倉暎華との関係が、そこから炙《あぶ》り出されるという展開も含めて」

「でしょ？　小湊と宍倉暎華は互いに面識もない、接点もないとされていたのは最初だけという設定は後出しジャンケンだと言うけれど、そもそも彼女がホームセンターでサバイバルナイフを買って小湊家へ乗り込んだという事実がある以上、ふたりが完全な赤の他人とするのは疑問の余地があることは最初っから、はっきり提示されているわけで」

「でもさ、だったら小湊は、宍倉暎華の死体をどこかへ遺棄してこようなんて無駄な小細工は、それこそ最初っから思いつきもしなかったんじゃないの？」

「おいおい、住吉さん。それは考え方があべこべだよ。小湊はバディパスを都合してやるほど宍倉暎華と親しかった。だからこそサバイバルナイフを携えて自宅へ乗り込んできた彼女を誤って死なせてしまったとき、遺体をそのままにしておくわけにはいかなかったんじゃないか。だろ？　小湊の立場になって考えてみなきゃ。このままにしておいたら、見知らぬ女がいきなり襲ってきたんだ、正当防衛だったんだ、なんて弁解しても通用しない、と普通はそう危機感を抱くだろ」

「だったら途中で挫折したりしない。警察にも自首なんかしなかった。死体遺棄を最後まで断固として、やり遂げていたはずだとあたしは思う。本気で彼女との関係と自分の犯行を隠蔽したかったのなら、どれほど精神的、体力的にきつかろうとも絶対に、ね」

「でも実際に小湊は、遺体を積んだ車を運転してどこへ行った？　海へも山へも行かずに、警察へ行ったじゃないか」

「さあ、そこだ。そこなんだよね問題は。どうしてだと思う？」

「いや、理由じゃないでしょ、これは。人間の遺体を処分するなんて、口で言うほど簡単なことじゃないよ。最初はどれだけ必死だったとしても、途中で気持ちが挫《くじ》けるほうがむしろ自然だ」

ふうん、とユリエは鼻を鳴らした。江梨子と葵を交互に見る。「どう思う？　おふたりさんは」

「正直に言っていいですか」江梨子は、にこりともしない。「正しいか否かは別として、小泊瀬さんの考え方は全体的にあまり、おもしろくないですね」

海人は思わず吹き出してしまった。「正直に言うって、そっちか」

「少なくとも、ミステリ小説を書くという目的のためにはいまひとつ、いえ、もう三つくらい、喰い足りない」

「だったら、その三つの足りない部分をぜひご教示くださいよ。もしも阿藤さんにもなにか具体的な考えがあるのなら。こうしたらもっとおもしろくなる、と」

江梨子はどこか必要以上に傲慢に見せるかのように肩をそびやかした。「そうですね。もっとおもしろいかどうかは判らないけど、あたしの考えがユリエさんのそれに近いことはたしか」

「へ？」名指しされたユリエは、きょとんとなる。「あたしの考え？　どゆこと」

「もしも自分がミステリとしてこれを書くならば、こういうストーリーに変更する、という代替案がユリエさんはもう頭に浮かんでいるんじゃないですか？」

「えーと。うん。まあそれは、浮かんでいないこともないけど。ひょっとして阿藤さんも同じようなシナリオを考えているの？」

にまっと江梨子は底意地悪げに笑う。「あんたはどうなの、葵」

「おれ？　おれは」従姉と海人の顔を遠慮がちに見比べた。「いまの小泊瀬さんのストーリーで充分にいけると思うけど。だってさ、そもそもこれは事件の真相はなにか、って議論じゃないだろ？　おもしろい小説になりそうか、なりそうにないかって話なんだから。すべて書き手の感性とスキル次第で」

「その書き手本人が、アドバイスを求めてきているんだから。こちらはこちらで、自分のセンスを信じて、いろいろご提案させていただくのが誠実な対応ってものじゃない？」

「それはそうなんだけど。江梨子、おまえも相変わらずだな。確認もしないで、ユリエさんと自分は同じ考えなんだぞ、って断言しちゃうっていうのはどうなのよ」

「確認なんか不要。だって、こういうときのユリエさんの思考回路がどういうプロセスを経るか、あたしは完璧に把握しているもの」不遜なばかりの自信に尻込み気味の三人に江梨子は、さらに畳みかける。「いいえ。把握じゃない、シンクロしている」

「へええ……」茶化そうとしかけた海人だったが、ふと口を噤《つぐ》んだ。「それは……」自信たっぷりというよりも、そこはかとなく殉教的ですらある江梨子の口吻《こうふん》と表情にすっかり興味を奪われてしまう。「それはぜひとも、お手並みを拝見したいな」と、いつも持ち歩いている大学ノートを取り出し、みんなの前に拡げた。「もしもかまわなかったら阿藤さん、それから住吉さんも、この事件をそれぞれの推理で解き明かしてみてよ。それを、お互いの分が見られないようにして、ここに書いてくれない？」

ノートの最後と、真ん中辺りのページを交互に捲《めく》ってみせる。「あまり長々とした文章で説明する必要はないんだ。トリックはなにかとか、ポイントさえ押さえられていれば、簡単な箇条書きで充分。それを突き合わせてみて、ふたりの思考がどれくらいシンクロしているかをおれが判定する、という趣向。どう？」

「おもしろそう」ユリエは乗ってきた。この時点で海人は、してやったりの気分だった。なにしろ話題の中心を担う、彼女たちの仮説の裁定の役目は自分が果たすものと信じて疑っていなかったのだから。ところが。

「阿藤さん、どう？」

「望むところです」

「よし。やってみようやってみよう」と海人からシャープペンシルを借りて、ノートに書き始める。「項目ごとに確認したほうがおもしろいから、ポイントひとつにつき、一ページ使わせてもらうね。阿藤さんも、よかったらそうして。あ。鳥遊くんも、どう？」とユリエが葵に話を振ったところから、なにやら海人にとっては雲行きが怪しくなった。

「いや、だからおれは、小泊瀬さんのストーリーになんらケチをつけるつもり、ないし。ケチをつけるっていう言い方はちがうかもしれないけれど。まあ、あれこれ意見を述べるのもおこがましいかなと」

と、ここで終わればよかったのだが、江梨子は追及の手を緩めない。「潔くないわね。自分にはユリエさんのお考えが読めません、と素直に認めたらどう？」

「またそういう。あのな、江梨子。おまえ、そもそも腕貫さんがどう考えるかを念頭に置いて、そんなことを言っているだろ？」

腕貫さん？　なんだそれ、と戸惑っている海人を尻目に、江梨子と葵はなにやら不穏な空気を漂わせ、睨《にら》み合う。

「あ。そうだそうだ。それは、ぜひ聞いてみなくっちゃ」ユリエはといえば、ひとり呑気《のんき》に、はしゃぎ出した。「どんなふうに考えるかしら。うわー、気になる」

「存外、小泊瀬さんのストーリーは添削の必要なし、って判断されるかも、ですよ」

ふっと緊張を緩めて嘆息気味に肩を竦めてみせる葵の鼻面に、江梨子はびしっと、ひとさし指を突きつける。

「じゃあこれから、行って、たしかめてみましょうよ。ね？　ユリエさん」

「うんうん。いこう行こう」

立ち上がった拍子に海人と江梨子の眼が合った。一見友好的そうな彼女の愛想笑いが、海人を落ち着かなくさせる。

なんなんだ、いったい。なぜ阿藤さんて、こんなにもおれに対して挑発的なの？

なにか彼女の気に障るようなことをしたか、言ったりしたかしら。考えてみたが、どうもこれといった心当たりがない。

なにがなんだかよく判らないものの、この阿藤江梨子という女性の存在こそが、自分のユリエに対する恋心を阻む最大の障壁となる……そんな予感に海人はかられた。その予感はある意味、当たっていた。しかし微妙に外れてもいた。

＊

櫃洗市役所に市民サーヴィス課なる部署があることは海人も一応は知っている。一般苦情係という名称は初めて目にしたが、ともかく窓口へ赴けば、警察や弁護士に頼らなければならないほど重大ではないものの個人的にはけっこう深刻なトラブルや悩みごとの相談に乗ってもらえる、という話も聞いたことがあった。

それが、こんな商店街のアーケードの一角で臨時出張所を開いているというのも田舎《い なか》らしくて味わい深いが、簡易椅子に待機している担当者が、ややとっつきにくそうな、昏《くら》い雰囲気なのはいかがなものか。喜怒哀楽の判別しにくい無表情に加え、丸いフレームのメガネに黒いネクタイは、いかにもお役所的な堅さを醸し出す。いまどきリサイクルショップでも入手が困難そうな黒い腕貫に至っては、もはや戯画的といおうか、アニメキャラクターが3D化したかのような非現実なヴィジュアル。

海人がもっとも衝撃を受けたのは、くだんの腕貫男に対するユリエの気安くも剽《ひょう》げた接し方だ。なんなんだよ、「だーりん」て。外国のコミカルなホームドラマ並みに茶目っけたっぷりだが、熱っぽさには圧倒される。男のほうがむっつり、尖《とが》った態度を崩さないのもおかまいなし。

「今日は他に相談にくるひともそれほどいなさそうだから、ちょっと話が長くなってもだいじょうぶだよね？」と幼い娘が慈父に甘えかかるかのように浮きうきしっぱなし。そもそもユリエへの恋心ゆえにミステリ趣向を持ち込んだ海人としては大いにジエラシーに燃え立って然《しか》るべきところだが、当の腕貫男の妙に浮世離れした、というか、もはや人間離れしたたたずまいを目の当たりにすると、そんな卑俗な反発やら嫉妬やらも塩をかけられたナメクジの如く萎えてしまう。

だいたい、いくら「個人的なお悩みもお気軽にどうぞ」と謳《うた》ってくれているとはいえ、こんな安手ドラマ並みの与太話で公務中の職員を煩わせていいの？ もはやフッーに悪ふざけじゃん、と心配になってしまう。

「つまり今回のご相談の要点としては、二十年前の事件の真相解明などではない、と」しかし当の腕貫男はユリエの長い説明にも表情ひとつ変えず、機械的に頷くばかり。「推理ドラマに準ずるフィクションとしてアレンジするためには各事象、関連事項をどのように解釈、再編集するのが最適か、当方の参考意見が欲しい、と。こういうご要望であるとの理解でよろしいのですね？」

「そういうことそういうこと。ね。だーりんなら、どういう解答篇《へん》を用意する？　どんなストーリーにすれば、もっと読者に喜んでもらえる作品に仕上がると思う？」

「さて。わたしはエンタテインメントの本職ではありませんので。特定ジャンルにおける演出、脚色について云々《うんぬん》できる教養もスキルもありません」

「もちろん、そんな期待はしていません。ただ、こんなふうに想像してみて。ここにいる小泊瀬くんはミステリ作家志望の青年で、あたしは某大手出版社に勤める、やり手の美人カリスマ編集者だとします」

　気まずいというほどではないものの、微妙にリアクションしづらい間が空いた。

「……えと、ここはツッコミ待ちだったんだけど、まあいいや。ともかくあたしは、小泊瀬くんの持ち込み原稿を読ませてもらいました。それがさっき説明した、二十年前の事件をベースにしたストーリー。その内容は、小湊隆弥が宍倉暎華と薄田瑞穂、そしてクラウディア・ウエルスという三人の死にかかわった挙げ句、自殺したというもの」

　しかし宍倉暎華も薄田瑞穂もほんとうは正当防衛や衝突事故ではなく、小湊によって意図的に殺された。その小湊が仕組んだトリックの解明こそが、海人の構想しているミステリ作品の肝となることをユリエは編集者さながらに要領よく説明した。

「三番目のクラウディア・ウエルス殺しは、動機は先の二件とはまったく関係のない、痴情のもつれなんだけど、彼女が殺されたことがきっかけとなって小湊の職業が再注目される。クラウディアにそうしたように、小湊は宍倉暎華にも格安航空券を手配していたことがあったのではないか。そこで当初は加害者と被害者には面識がないと思われていた最初の事件にストーリーは舞い戻り、小湊と宍倉暎華の接点が明らかとなってゆく」

クラウディア殺害事件でアリバイを偽証してもらった友人の加登岡が、良心の呵責《かしやく》から翻意しそうな気配を察知した小湊は、いよいよ精神的に追い詰められ、自殺を遂げる……とユリエは梗概《こうがい》を締め括った。「ていう感じなんだけど。さて。一読あたしはどうしたでしょう？　これはいけると早速、小泊瀬くんの原稿の出版準備にとりかかった？」

「それは考えにくいですね。仮に活字にしようと決めたとしても、その前に作者に、重要な駄目出しをしたはずです。それも、かなり大幅な改稿を余儀なくされる」

「はい。はいはいはい」淡々と宣告する腕貫男を前に、ユリエはいまにも小躍りせんばかりである。「具体的には？　どこにどう駄目出しをする？」

「小湊隆弥の職業が再注目されるという展開にするならば、宍倉暎華との関係よりも先に重要視されるべき人物がいます」

「はいはいはいはい。それは誰？」

「加登岡政馬です。なぜならば彼は」

掌《てのひら》を掲げて腕貫男を遮ったユリエは海人が持っているノートを指さした。「さっきあたしが書いた、最初のページを捲ってみてもらってもいいかな？　あ。まって。やっぱり、あたしがやる。その続きはまだ隠して。順番に見ていったほうがいいもんね」

おごそかにユリエが開いてみせたページには、こうあった。『小湊が宍倉暎華にバディパスを手配してあげてたって？　加登岡のほうに、じゃなくて？』

眼を瞠《みは》る海人を尻目に、ユリエは「続きをどうぞ」と腕貫男を促した。

「加登岡政馬はフリーランスで外国人観光客相手のツアーガイドもやっていた、というお話でしたが。もしかしたら国内旅行だけではなく、邦人の海外ツアーのアテンドなどもやっていたかもしれない。加えてフォトグラファーという職業上、公私ともに海外へ渡航する機会は多かったのではないでしょうか。なぜそんな想像が導かれるかというと」

「……加登岡は小湊と」思わず海人はそう口を挟んだ。「友だちだったから……」

「自分の妹を結婚相手として紹介するほど親しかった相手です。その加登岡が海外旅行しようというときに、格安航空券を手配してやらないはずはありません」

「なるほど。そのとおり。しかしそれを言うなら、小湊はいろんなひとにバディパスを手配してあげていたでしょう。そのなかで特に加登岡の件だけが問題になるんですか」

「もちろんなります。加登岡は小湊のアリバイの証人ではありませんか」

「それは友だちの誼みで偽証したものの、後悔し、真実を打ち明けるべきか否か悩んでいた。だからこそ小湊はその気配を察知し、自殺したわけで……」

「おそらく、そこでしょうね、やり手の美人カリスマ編集者がもっとも駄目出しをするであろう箇所は」

腕貫男の無表情は一ミリも動くことはなかったが、その言葉を受けてのユリエの怒《ど》濤《とう》の羞《は》じらいっぷりに海人は唖然茫然《あぜんぼうぜん》。美人だって美人だって、だーりんたら、あたしのこと、美人だって。正直者お〜と身をくねらせ、いまにもそこらじゅう転げ回りそうな勢いで海人の背中をばんばん、叩《たた》きまくり。きゃあきゃあ、コント並みの騒々しさである。

おいおいおい。ユリエなら容姿のことで褒められるなんてさほど珍しくもあるまいに。この戯画的なばかりの乙女《おとめ》っぷりはなにならむ。ひょっとして彼女、このノーブルな美貌とは裏腹に、不思議ちゃん系の危なっかしいメンタルの持ち主なんだろうか。

それともこれって、なにか悪い夢を見ているだけ？　自分がいま果てしなくしらけているのか、それともユリエに対する恋心がますます激しく募っているのか、とっさには判別がつかず、自身の精神状態すら危ぶんでしまう海人なのであった。

「さきほどもうしあげたように、わたしは書き手側の本職ではありませんが」いっぽうの腕貫男はユリエの狂騒ぶりにも我関せず、己れの静謐《せいひつ》なスタイルを崩さない。「いち読者としては真っ先に不満に思うでしょうね。いくらなんでもちがうだろう、ここは自殺じゃないだろう、と」

「自殺じゃない、って。小湊が？　じゃあどうするんです。彼もやっぱり誰かに殺されたんだと？　跳び下り自殺を偽装されて？　でも誰に？　そもそも動機はなんだったことにするんです？」

「改めてお断りしておきますが、実際の事件はこうだったという推理ではありません。あくまでも、さきほどユリエさんが披露なさった、すなわち手持ち情報の範囲内でストーリーを組み立てなおすとしたらこうする、という仮説に過ぎません」

「よく判っています。けど、その前提にしろ、小湊が殺害されなければならない理由なんてあるんですか」

「口封じでしょうね。クラウディア・ウエルス殺害事件の真相を暴露されないための。すなわち、彼女を殺した真犯人が自分のアリバイを守るため、小湊さんには死んでもらうしかなかった」

「え。え？　いや、まってください。てことは、まさか加登岡が？　クラウディア・ウエルスを殺したのは小湊ではなく、加登岡だったというんですか」

「犯行時間帯にふたりがいっしょにいたという証言は小湊のアリバイを一方的に保証するものではありません。それは同時に、加登岡の現場不在証明にもなるのです」

「クラウディア・ウエルスと男女関係にあったのは小湊ではなく、加登岡のほう」先刻の満面の笑顔のままユリエが、しゃしゃり出てくる。「さっきも話が出たように、仕事なのかプライベートなのかはともかく、加登岡は頻繁に海外へ渡航していたと思われる。友人の小湊にその都度、格安航空券を手配してもらってね。そこでクラウディアと知り合い、親しくなった。動機は想像するしかないけれど、わざわざ彼女が来日したところで殺害を実行した以上、なにかよっぽど切羽詰まっていたのはまちがいない。だって櫃洗で彼女を殺したら、どうしても容疑者は限られてくるから、そうなると自分だって……」

「ちょっと待って。クラウディアが来日にあたって使ったバディパスは、小湊が手配したものであると確認されているんだよ。でも、彼女と男女関係にあったのは、加登岡のほうだった。ってことは小湊は、加登岡に頼まれて彼女の航空券を手配した……？」

「もちろんそうよ」

「おかしいよそれは。だって、もしもそうなら、クラウディアが殺害された時点で、これは加登岡の犯行だと、小湊にはすぐに判ったはずだろ。もちろん小湊自身が犯人ではないとしての話だけど」

「そのとおりです」腕貫男は微動だにしないまま、説明を引き取る。「小湊はクラウディア・ウエルスを殺した犯人が加登岡だと知っていた。だからこそ口封じのために、跳び下り自殺を装って殺されたのです」

「結果として小湊の死は自殺としてかたづけられたけど、もしもそうならなかったとしたら……」ユリエは掌を掲げ、なにか言おうとした海人を遮った。「小湊は誰かに殺されたのではないか。しかも近しい友人の手で。そんな疑惑が浮上した場合に備えて、加登岡はアリバイを用意していた、そう考えられる。なぜかというと、加登岡は小湊に偽証を頼まれて悩んでいる、という相談を持ちかけていたからよ……栗秋日向子に、ね」

「待ってよ。そんな、むちゃくちゃな。まさか……まさか、だけど。もしも小湊の死が自殺ではなく殺人だと疑われた場合、加登岡はその当該時間帯には栗秋日向子といっしょにいた、と主張するつもりだった……なんて言うつもりじゃないだろうね？」

ユリエはノートの次のページを開いてみせた。そこには『加登岡政馬と小湊の娘、栗秋日向子はグル』とある。

「す、住吉さん、ほんとに……ほんとに悪いけど、きみの発想には付いていけない。娘だよ？　言い忘れてないよね、おれ。栗秋日向子は義理とかじゃなくて、小湊の実の娘なんだよ。その日向子が、もしも加登岡が小湊殺しの疑いをかけられた場合に備えて、嘘のアリバイを証言するつもりだった……って言うの？　本気で？」

「想像過多だと思う？　いや、茶化すつもりなんかない。小泊瀬くんがこの考えをぶっ飛び過ぎだと呆《あき》れて当然だよ。でもね、日向子って娘が、父親を殺した男だと知ったうえで加登岡に抱き込まれたのではないかと考えるのにはそれ相応の根拠があるんだ。根拠っていうのは言い過ぎかな。伏線みたいなものがあるんだよ。他でもない、小泊瀬くんが話してくれたストーリーのなかに、ね」

「おれが？　なにを話したっけ」

「登場が途中からで、少し遅いものの、明らかにこのストーリーのなかで異彩を放つキャラクターがいます」阿吽《あうん》の呼吸で腕貫男が後を続ける。「それが加登岡です。ある意味、二十年前のこれら一連の事件はすべて、加登岡政馬という特異なキャラクターに起因しているとも言える」

「特異なキャラクター……」

「考えてもみてください。さきほども指摘があったように、クラウディア・ウエルスが殺害されたとき、小湊は即座にそれが友人の加登岡の犯行だと察したはずです。なにしろ彼女のパディパスは自分が彼に頼まれて用意したのですから。にもかかわらず、加登岡の罪を告発しようとはしなかった」

「それはやっぱり、腐っても友だちだったから……でしょ」

「バディパスを手配した事実から自分自身が捜査線上に浮かび、警察に事情聴取を受けることになっても、ですよ？　それでもなお、加登岡の事件への関与など、仄《ほの》めかしもしていない。いくら友だちだからといっても、この口の噤み方はいささか異常です」

「い、いや、待ってください。えと。しつこいようでもうしわけないけど、これってすべて、クラウディアを殺したのは加登岡だという前提で話しているんですよね」海人は後ろめたげに咳払《せきばら》いした。「すみません。これはフィクションを練り上げるためのアイデアのひとつに過ぎないんだと、常に自分に言い聞かせていないと、なんだか妙な気分になってくるものだから……」

「てことは、あたしたち、多少なりとも有効なアドバイスができているんだよね、小泊瀬くんに」ユリエは真面目くさって、「いまのところは」

「小湊はすでに、クラウディア事件の前にも加登岡のことを庇《かば》っている。それは見方によっては、娘の栗秋日向子を庇ったようでもありますが」

「あ……あ。そ、そうか。判った。判りました」海人も徐々に、ユリエや腕貫男の思考経路に馴染《なじ》んできた。「宍倉暎華が殺されたときだ。彼女は……サバイバルナイフを購入した宍倉暎華が向かったのは、小湊の家ではなかったんですね。ほんとうは彼女は、加登岡のところへ乗り込んだんだ」

もうユリエのノートの書き込みを確認する必要も海人にはなかった。「宍倉暎華が薄田瑞穂に相談していたという男女関係の悩みとは、実は加登岡との不倫だったんだ。ところが加登岡は、自分以外の女ともよろしくやっている。そうと知った宍倉暎華は怒り心頭に発して、加登岡の逢瀬《おうせ》の現場を押さえてやろうと、彼の自宅へ押しかける」

「その相手の女というのが、栗秋日向子だった」

「脅すだけのつもりだったか、それとも本気で刺すつもりだったかはともかく、サバイバルナイフを振り回しているうちに宍倉暎華は自分が返り討ちに遭ってしまう。いきなり女の死体が眼の前に転がって、さて、どうすべきか。警察に通報するのはまずい。栗秋日向子は人妻だったから、加登岡との不倫が夫にばれると困る。日向子だけを現場から立ち去らせて通報するという選択肢もあっただろうけど、宍倉暎華を死なせた原因が痴情のもつれだったと明らかになったら、芋蔓式《いもづるしき》に加登岡の他の女性関係も暴露されるかもしれない。これはなんとか事件そのものを隠蔽するしかない。そこでふたりが救いを求めた相手こそ、小湊隆弥だった」

「ふたりに泣きつかれた小湊は、返り血を浴びた加登岡のTシャツを自分が着込み、同じく血まみれになったカーペットをリビングへ運び込んで、現場は自宅だと偽った」

「最初は宍倉暎華の遺体も自宅へ運び込もうとしたかもしれないけど、どうせ自首するつもりだし。車に積み込んで、そのまま警察へ向かったというわけですね。そうか。そうだったのか。すべては娘の日向子を庇うために……」

「庇おうとしたのは娘ではなかった、のかもしれません」

「というと?」

「クラウディア・ウエルスの件を考えてみてください。加登岡が彼女を殺したことを小湊は知っている。なのに、彼女のバディパスを手配したばっかりに自分が容疑者候補に挙げられてもなお、加登岡のことを告発しなかった。そればかりか彼のアリバイを偽証までした。一見、自分が加登岡に現場不在を証言してもらっているふうを装ってまで。こんなふたりのあいだに尋常ならざる絆《きずな》を感じてしまうのは、わたしだけでしょうか?」

「えと、そ、それはつまり……」

「宍倉暎華の件にしても、娘を庇うためだけなら、日向子をその場から逃がせばそれですんでいたかもしれない。しかしそれですませられなかったのは、庇う相手がまず第一に加登岡だったからです。現場が自宅である加登岡を救うには、遺体をどこか余所へ移すしかない。そのために小湊は、自分が罪を被ることも厭《いと》わなかった。そこまで彼を追い立てたものとは、はたしてなんだったのか」

「返り血を浴びた加登岡のTシャツを、小湊は自分が着込んで警察に自首した」うっそりと江梨子は説明に割って入った。「ファンだったというバンドのオリジナルTシャツ。もしかしたら小湊ももともと同じものを持っていたかもしれない。そこからとっさに思いついた偽装だったかもしれないけれど、血染めのTシャツを加登岡の代わりに着るという行為は発想できたとしても、実行までは普通、どんなものかしらね」

「肉体関係の有無は別として、ふたりはホモセクシュアルな絆で結ばれていたのかもしれない。Tシャツと殺人現場の入れ替え工作はその意味で象徴的、かつ暗示的です。遡って、彼よりひと廻りも歳上の自分の妹を、わざわざ加登岡に引き合わせたのも、もしかしたら偽装結婚の意図があったのかもしれない。義兄弟という関係が一旦できてしまえば、それを口実にして、ふたりがどれほど親密に交流していても不自然とは思われない。世間体を取り繕うためだったのかもしれません」

どれほど親密に交流していても不自然とは思われない口実……か。海人は曰く言い難い後ろめたさを覚えた。

「でも、それほど必死になって庇った相手に小湊は結局、裏切られてしまったわけですよね。クラウディア・ウエルス殺しの嫌疑をかけられたまま、跳び下り自殺を装って、加登岡に殺され……」

思わず、あッ、という呻《うめ》きが海人の口から搾り出された。

「どうしたの？」

「憶い出した。おれが小学校の頃、おふくろがテレビで観たんだ、栗秋日向子が不審死を遂げた、っていうニュースを……」

「不審死って、どういう？」

「保険金目当ての殺人で、後で彼女の夫が逮捕された。それだけじゃない。夫には共犯者がいて、その男も逮捕されたんだ」

「共犯者？　っていうのは……」

「名前までは判らないけど、日向子と親しくしていた、もっとはっきり言うと不倫相手だった男で。そいつが夫とグルになって、日向子を殺……まさか……つまりそいつは」

文庫版あとがきにかえて

西澤保彦

いくら永劫回帰型キャラクターたちといえども中味はどんどん変わってゆかざるを得ない件（二〇一九年一一月二八日・記）

まさか自作中に、スマートフォン・アプリを登場させる、なんて日がやってこようとは……いやはや、我がことながら、ただもうびっくり、びっくり。なんの話かといいますと、拙著〈腕貫探偵〉シリーズの最新刊『逢魔が刻　腕貫探偵リブート』であります。同作に収録されている「マインド・ファック・キラー」は、異国人同士をランゲージパートナーとして引き合わせるスマホのマッチングアプリを介して知り合った男女グループ内で起きる連続殺人事件を描いている。

詳細はぜひご一読を賜りたいのですが、ここで憶い出すのは記念すべきシリーズ第一作「腕貫探偵登場」で、同作の主役である某男子大学生は「いまどき時代錯誤なくらい厳格な父親」に禁止されているという理由で、なんと、携帯電話を持っていなかったりする。驚きますでしょ? いまどき、いくらなんでもあり得ない事態だけれど、なにしろ収録されているシリーズ第一巻『腕貫探偵』の単行本(実業之日本社)は二〇〇五年七月刊行。いまから十四年も前です。当時の一般的な大学生間の携帯電話普及率がどの程度だったのかは不勉強にして知りませんが、おそらくは所有していないほうが既にして少数派ではあるまいかとの懸念があったのでしょう。作者としては安全策をとって、アナクロな頑固親父の存在という、ちょっと苦しい言い訳で理論武装していたわけです。

それが、いまやスマホが当然の時代。ガラケーですら作中に登場させる際には、おっかなびっくりだった頃とは、まさに隔世の感。とはいえ、わたしもようやくスマートフォンに切り換えたものの、実生活で利用しているのはラインくらいで、多種多様のアプリについて細かい描写ができる自信はありません。日進月歩のSNSなどの新しいソーシャルメディア、コミュニケーション・ツールの作中での取り扱いに関しては、まだまだ手探り状態が続きそうです。

こうした問題は、なにも小道具に留まらない。十五年近くも同じシリーズを書き続けていると、テクノロジーの進歩やライフスタイルの変化など、パラダイムシフトによる作中キャラクターたちへの影響は如何《いかん》ともし難い道理です。だいたい作者自身、人間である以上、日々変化を遂げているんだし。フィクション内での人物造形は不可避的に変容する。それに合わせて彼ら彼女たちも年齢を重ねるのならば話はまた別だけれど、往々にしておとなはおとな、子どもは子どものまま、というのがシリーズ・キャラクターたちの宿命なわけです。

本シリーズもまた然《しか》り。第一巻の後、続編の『腕貫探偵、残業中』、番外編の『必然という名の偶然』、長編版『モラトリアム・シアター produced by 腕貫探偵』、主役一旦退場かと思わせるキャッチィなタイトルの『探偵が腕貫を外すとき　腕貫探偵、巡回中』、そしてやっぱりの速攻復帰編『帰ってきた腕貫探偵』と、六冊も書き継いできてもなお腕貫さんは年齢不詳の公務員のまま。もちろんユリエも華の女子大生のまま。

七冊目の『逢魔が刻』の第一話では祖母の命令でお見合いなんかしてしまうユリエですが、それでも彼女がいつまで経っても二十歳そこそこの娘のままという、永劫《えいごう》回帰型の設定は変わらない。でも一話ごとに微妙に、そして確実に中味は変わってゆくんですね。彼女の取り巻きたちも数が増えてゆくのでそれぞれの関係性の多様性によってユリエの造形も膨らむいっぽう。そういえばお見合いした後、彼女が友人たちにメールを一斉送信することを示すくだりが出てきますが、このときはまだ作者がスマホではなかったことが丸判りです。いまならグループラインにする場面ですが、それはともかく。

いつまでも変わらないようでいて、一冊ごとに微妙に、ときに激しくゲシュタルト・チェンジしてゆく腕貫さんとユリエさんを今後ともどうかよろしくお願いいたします。

解説

浜崎広江
（今井書店）

西澤保彦先生の「腕貫探偵」との出会いは、社内の文庫拡販企画でユーモアミステリーのミニフェアを提案したことがきっかけだった。リストアップする中で『腕貫探偵』に目がいった。

そのタイトルに惹《ひ》かれ、読んでみると「腕貫」をした独特の風貌の男性公務員「腕貫探偵」が天才的な閃《ひらめ》きで、市民の悩みや事件を解決に導いてゆくこの作品に、すっかり心を奪われてしまった。

これは、最近読んだミステリー短編集の中では一番面白い！と思ったので、「その面白さはナンバー1」と書いたポップを作成し『腕貫探偵』をメインにユーモアミステリーのミニフェアを行った。

その企画が出版元の営業さんの耳に入り、『腕貫探偵、残業中』が文庫化されるタイミングで、既刊本の重版の帯に私が作成したポップのコメントが採用されることに。

そして、本の学校今井ブックセンターリニューアルオープンの時は、「腕貫探偵」

コーナーを作り、企画台で大々的な仕掛販売を行った。

その折には西澤先生から直筆の応援メッセージを頂き、『腕貫探偵』がその月の文庫の売り上げランキング一位を記録した。

それらのことがきっかけとなり、二〇一四年三月二十九日に『探偵が腕貫を外すとき　腕貫探偵、巡回中』の新刊発売に合わせ、本の学校今井ブックセンターで西澤先生のトークショーを開催することになった。

なんと、「腕貫探偵」で、西澤先生の作品の虜になった私が司会を務めることになったのだ。

先生のお話では、「『腕貫探偵』は、やる気のない公務員が、相談に来られたから、あとは自分で考えてね」という設定にしたが、そのしばりが厳しかったので、シリーズ化は全く考えていなかったとのこと。

しかし、第一作のラストで相談者の悩みに丁寧に答え優しい感じにしていったことで、シリーズに繋がったという「腕貫探偵」が生まれるまでのお話はファンとしても大変興味深いものだった。

また、『探偵が腕貫を外すとき　腕貫探偵、巡回中』のラストは、腕貫探偵を慕う、セレブ女子大生・住吉ユリエと意味深な展開が待っている。二人の関係が今後どうなってゆくのか、質疑応答も多くファンの一番の関心事であった。

西澤先生も会場の熱におされたのか、その場で「腕貫探偵」シリーズはまだまだ続けるとお約束して頂いた。

そしてそのトークショーの様子が、実業之日本社さんの定期刊行誌「ジェイ・ノベル」に掲載された。

書店員として仕事をしてきた中で、至福の時間だった。

「腕貫探偵」シリーズは、これまでに七作品が刊行されている。

西澤先生は約束をしっかり守って下さり、「腕貫探偵」ファンとしては嬉しい限りだ。

このシリーズを読み進めてゆくと、特徴的な三つの「謎」の仕掛け方があることに気づいた。

一、普通の感覚では説明のつかない不思議な「謎」が連続して起こる現象。

二、人間関係が複雑に絡み合い、愛憎が交錯して起こる殺人事件。

三、腕貫探偵のアドバイスで埋もれていた記憶が甦り、恐ろしい真相が浮かびあがる。

というものだ。

これらの謎に、魅力的な登場人物が数多く絡んでくる。

捜査が行き詰まると腕貫探偵に相談を持ち掛ける櫃洗《ひっあらい》署の氷見《ひみ》・水谷川《みやかわ》刑事コンビ。

シリーズ二作目の『腕貫探偵、残業中』には事件をさらりと解決した腕貫探偵に一目ぼれする、大富豪の女子大生・住吉ユリエが登場。腕貫探偵をだ～りんと呼び、このあとの作品からは腕貫探偵に次ぐメインキャラクターとなる。初の長篇『モラトリアム・シアター produced by 腕貫探偵』では、ユリエの兄のピンチを救う女子高生探偵・遅野井愛友《おそのいあゆ》と大富豪熟女探偵・月夜見《つきよみ》ひろゑだ。

スピンオフ作品『必然という名の偶然』は、腕貫探偵が登場しない中、月夜見ひろゑが大活躍する。

そして、シリーズ七作目にあたる本書『逢魔が刻　腕貫探偵リブート』は、「腕貫探偵」を慕う、住吉ユリエがメインで活躍する。

【ユリエのお見合い顚末記】

住吉グループの総帥・祖母からお見合い話を勧められたユリエ。美味しい食事につられ約束のレストランに行くと、祖母とお見合い相手らしい男性とその祖父がいた。四人で美食を堪能したあと、ユリエはお見合い相手と二人だけでまた食事に行った。そこで彼からとんでもない話を聞かされる。彼の母親の不可解な死の謎と彼の秘密。実はあるキーワードで、もしかしたらこんな真相かなと気づくが、彼の複雑な人間関係の説明で、あれッ？　違うのかと翻弄される。しかし、ユリエさんは見事に真相を暴いてしまう。その推理は「腕貫探偵」並なのだ。

【逢魔が刻】

住吉ユリエを秘かに思っている櫃洗大学の男性講師は、複雑な家庭環境で育った。ほぼ絶縁状態にあった父親が亡くなり、葬儀に出席するため故郷に戻ると、彼の実家は警察車両に取り囲まれ、葬儀は中止になっていた。なんと、喪主である叔母が殺人容疑で逮捕されたのだ。さらに、彼は同級生たちから死んだと思われていた。昔よく訪れていた食堂に行くと、そこに住吉ユリエが友人たちと宴会をしていた。彼女たちの会話をなんとなく聞いているうちに、叔母が殺人を犯した理由が徐々にわかってくる。過去に自分と両親の間に何があったのか振り返っていくと、封印していた恐ろしい記憶が甦ってきた。記憶甦りの過程は読んでいる方もドキドキしてくる。そして、真相がわかった時の衝撃が半端なく凄かった。

【マインド・ファック・キラー】

櫃洗大学で臨時講師をしている、外国人男性講師たちは、日本人の女性たちときわどい関係を続けていた。そんな彼らはある日、一泊で日本人女性の知り合いの別荘でパーティーを行うことになった。ところが、それが想像を絶する愛欲地獄絵図に発展！「腕貫探偵」史上、最も過激！最凶最悪の展開に復讐譚《たん》と叙述トリックをプラス。ラストのどんでん返しの一撃で「え〜ッ」と思わず叫んでしまう。

【ユリエの本格ミステリ講座】

ある日、同級生の男の子から、「二十年前の親族が絡んだ事件をもとにミステリー小説を書きたい」と相談を受けた。全く面識のない三人の女性を一人の男性が意図的に殺害した後、自殺してしまったという筋書きのミステリー小説にするつもりで、ユリエの友人たちとともに構想を練ったが、結局「だ～りん」こと腕貫探偵に相談することになった。

ユリエたちの構想に駄目出しを続ける腕貫探偵は、事件に隠された真相にたどり着くが……。えっ？　この作品まだまだ推理が続くの？　と思わせぶりな結末。これは、再読必至の作品だ。

本書は、前に提示した、三つの特徴的な謎の仕掛けを踏襲しつつ、腕貫探偵が登場しなくても、第一話でユリエが鮮やかに謎を解いたり、表題作「逢魔が刻」では、物語の主人公本人が自分自身で真相に気づくなど、新たな魅力がプラスされていて、謎解きの面白さがさらに増している。

タイトルで、リブート（再起動）とつけられているのも納得。

そして、これまでの登場人物たちも、それぞれのエピソードにしっかり登場している。

「腕貫探偵」シリーズのファンも、この作品で初めて「腕貫探偵」に出合う読者も両方が楽しめる作品、ご堪能あれ！

単行本　二〇一九年十二月　実業之日本社刊
＊文庫化に際し、「文庫版あとがきにかえて」（初出　Webジェイ・ノベル　二〇一九年十二月十七日配信『逢魔が刻　腕貫探偵リブート』刊行に寄せて）を収録しました。

本作品はフィクションです。登場する人物、団体、組織その他は実在のものと一切関係ありません。（編集部）

実業之日本社文庫　好評既刊

西川美和
映画にまつわるXについて

『ゆれる』『夢売るふたり』の気鋭監督が、映画制作秘話や、影響を受けた作品、出会った人のことなど鋭い観察眼で描く。初エッセイ集。（解説・寄藤文平）

に4 1

西川美和
映画にまつわるXについて2

小説と脚本の違い。子役との撮影。主演俳優の自意識——大ヒット作『永い言い訳』公開までの苦闘の五年間を濃密な筆致で綴る、人気映画監督のエッセイ集！

に4 2

新津きよみ
夫以外

亡夫の甥に心ときめく未亡人。趣味の男友達が原因で離婚されたシングルマザー。大人世代の女が過ごす日常に、あざやかな逆転が生じるミステリー全6編。

に5 1

新津きよみ
妻の罪状

いちばん怖いのは、家族なんです——遺産相続、空き家、8050問題……家族関係はどんでん返しの連続。名手によるホラーミステリ7編収録のオリジナル短編集！

に5 2

仁木英之
鉄舟の剣　幕末三舟青雲録

天下の剣が時代を切り拓く——〈幕末の三舟〉と呼ばれた、山岡鉄舟、勝海舟、高橋泥舟の若き日の熱き闘いを描く時代エンターテイメント。（解説・末國善己）

に6 1

実業之日本社文庫　好評既刊

貫井徳郎
追憶のかけら　現代語版
大学講師・松嶋は自殺した作家の未発表手記を入手。自殺の真相を究明しようとするが……。辿り着いた真実とは？　圧巻のミステリ巨編！（解説・野地嘉文）
ぬ13

貫井徳郎
罪と祈り
元警察官の辰司が隅田川で死んだ。当初は事故と思われたが…。貫井徳郎史上、最も切なく悲しい誘拐事件。慟哭のどんでん返しミステリ！（解説・西上心太）
ぬ14

野沢 尚
野沢尚のミステリードラマは眠らない
「私は視聴者を騙したい」――没後10年、ミステリー作家にして脚本家の著者が遺した、発想の深層に迫るミステリードラマ論。（解説・池上冬樹）
の11

春口裕子
隣に棲む女
私の胸にはじめて芽生えた「殺意」という感情――生きることに不器用な女の心に潜む悪を巧みに描く、戦慄のサスペンス集。（解説・藤田香織）
は11

春口裕子
悪母
岸谷奈江と一人娘の真央の身に起きる悪意に満ちた出来事は一通のメールから始まった。ママ友の逆襲が止まらない……衝撃のサスペンス！（解説・藤田香織）
は12

実業之日本社文庫　好評既刊

実業之日本社文庫　好評既刊

原田マハ
総理の夫　First Gentleman　新版
42歳で史上初の女性・最年少総理大臣に就任した妻と、鳥類学者の夫の奮闘の日々を描いた、感動の政界エンタメが装いも新たに登場！（解説・国谷裕子）
は43

葉室　麟
刀伊入寇　藤原隆家の闘い
戦う光源氏——日本国存亡の秋、真の英雄現わる！『蜩ノ記』の直木賞作家が、実在した貴族を描く絢爛たる平安エンターテインメント！（解説・縄田一男）
は51

葉室　麟
草雲雀
ひとはひとりでは生きていけませぬ——愛する者のために剣を抜いた男の運命は!?　名手が遺した感涙の時代エンターテインメント！（解説・島内景二）
は52

葉月奏太
ももいろ女教師　真夜中の抜き打ちレッスン
うだつの上がらない中年教師が、養護教諭や美人教師と心と肉体を通わせる……。注目の作家が放つハートウォーミング学園エロス！
は61

葉月奏太
昼下がりの人妻喫茶
珈琲の香りに包まれながら、美しき女店主や常連客の美女たちと過ごす熱く優しい時間——。心と体があったまる、ほっこり癒し系官能の傑作！
は62

実業之日本社文庫　好評既刊

我孫子武丸
監禁探偵
多彩な作風を誇る著者が挑む、キャラミスと本格推理のハイブリッド！「前代未聞の安楽椅子探偵」をめぐる謎を描いた異色ミステリ！（解説・大山誠一郎）
あ27 1

石持浅海
攪乱者
レモン3個で政権を転覆せよ――昼は市民、夜はテロ組織となるメンバーに指令を下す組織の正体とは？本格推理とテロリズムの融合。（解説・宇田川拓也）
い7 1

石持浅海
煽動者
日曜夕刻までに犯人を指摘せよ。平日は一般人、週末限定テロリストたちのアジトで殺人が。探偵役は不在？閉鎖状況本格推理！（解説・笹川吉晴）
い7 2

大山誠一郎
アリバイ崩し承ります
美谷時計店には「アリバイ崩し承ります」という貼り紙がある。店主の美谷時乃は、7つの事件や謎を解決できるのか!?（解説・乾くるみ）
お8 1

知念実希人
仮面病棟
拳銃で撃たれた女を連れて、ピエロ男が病院に籠城。怒濤のドンデン返しの連続。一気読み必至の医療サスペンス、文庫書き下ろし！（解説・法月綸太郎）
ち1 1

実業之日本社文庫　好評既刊

知念実希人　時限病棟

目覚めると、ベッドで点滴を受けていた。なぜこんな場所にいるのか？　ピエロからのミッション、ふたつの死の謎…。『仮面病棟』を凌ぐ衝撃、書き下ろし！

ち12

知念実希人　リアルフェイス

天才美容外科医・柊貴之。金さえ積めばどんな要望にも応える彼の元に、奇妙な依頼が舞い込む。さらに整形美女連続殺人事件の謎が…。予測不能サスペンス。

ち13

知念実希人　レゾンデートル

末期癌を宣告された医師・岬雄貴は、不良から暴行を受け、復讐を果たすが、現場には一枚のトランプが……。最注目作家、幻のデビュー作。骨太サスペンス!!

ち14

知念実希人　誘拐遊戯

女子高生が誘拐された。犯人を名乗るのは「ゲームマスター」。交渉役の元刑事が東京中を駆け回るが…。衝撃の結末が待つ犯罪ミステリー×サスペンス！

ち15

知念実希人　崩れる脳を抱きしめて

研修医のもとに、彼女の死の知らせが届く……。愛した彼女は本当に死んだのか？　驚愕し、感動する、恋愛ミステリー。著者初の本屋大賞ノミネート作品！

ち16

実業之日本社文庫 に2 10

逢《おう》魔《ま》が刻《とき》　腕《うで》貫《ぬき》探《たん》偵《てい》リブート

2022年12月15日　初版第1刷発行

著　者　西澤保彦《にしざわやすひこ》

発行者　岩野裕一
発行所　株式会社実業之日本社
〒107-0062　東京都港区南青山 5-4-30
emergence aoyama complex 3F
電話 [編集]03(6809)0473 [販売]03(6809)0495
ホームページ https://www.j-n.co.jp/
DTP　ラッシュ
印刷所　大日本印刷株式会社
製本所　大日本印刷株式会社

フォーマットデザイン　鈴木正道(Suzuki Design)

ISBN978-4-408-55776-2（第二文芸）